え、みんな古代魔法使えないの!!???

〜魔力ゼロと判定された没落貴族、最強魔法で学園生活を無双する〜

「ふう……大丈夫だった?」

?

「……すごい。なに今の魔法……。私の魔法が効かないなんて……。しかもその魔法を打ち破るなんて」

レントが差し出した手をとることもなく、唖然とした表情でサラは呟いた。
★レント
地方の没落貴族の嫡男。
★サラ
王国魔法騎士団の団長を務める名門貴族の少女。

「危ないっ!」
レントはとっさに魔法を発動する。
「──ウィンドショット!」
ウィンドショットは
小さな風の球を放出する第一位階魔法だ。
時間がなかったので、
これくらいしか放てなかった。
(なんとか、これで防げればいいけど……!)
ディーネ
魔道具を扱う大貿易商の娘。
レントのクラスメイト。

次の瞬間――轟音とともに強烈な爆風が発生した。
シフル
魔法省の長官を代々務める
タンブルウィード伯爵家の三男。

「つまり、俺は……」
「そう。現代では人類でただ一人、闇魔法と光魔法を扱える存在じゃ」
★ルナ
マナカン王国立魔法学園の学園長。

え、みんな古代魔法使えないの!!???

~魔力ゼロと判定された没落貴族、最強魔法で学園生活を無双する~

三門鉄狼

FB
ファミ通文庫

E,MINNA KODAIMAHO TSUKAENAINO!!???

CONTENTS

イラスト　成瀬ちさと

プロローグ

E,MINNA KODAIMAHO TSUKAENAINO!!???

「いい天気だなぁ……」

屋敷を出たレント・ファーラントは大きく伸びをしながら呟《つぶや》いた。

十五歳の若者とは思えない、のんびりとした態度である。

彼の眼前に広がるのは見渡す限りの牧草地と、そこをまっすぐに延びていく田舎道《いなかみち》。

道はずっと先の山々を迂回《うかい》してこのクォーマヤ地方から王都まで続いている。

まだ一度も訪れたことのない街。

レントはこれからそこへ向かおうとしていた。

王都にある魔法学園。

そこで魔法を学び、優秀な成績を収めて卒業すれば、王都で魔法使いとして就職することができる。

王立魔法騎士団や王室魔法指南役、大陸魔法使い同盟の職員など、エリートへの道が拓《ひら》ける。

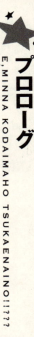

「そのためにも、まずは試験をがんばらないとな」

魔法学園の入学試験は厳《きび》しいと聞く。

そこで落ちてしまえば、王都までの旅費がムダになってしまう。

なんとしても合格しなければ。

「よし、行くぞ！」

と気合いを入れ、馬車に乗り込もうとしたところで、屋敷から声をかけられた。

「ちょっと、お兄ちゃん！」

「……なんだよ、ターシャ」

すっ転《ころ》びそうになりながら振り返るレント。

声をかけてきたのは妹だった。

彼女は呆《あき》れた顔で歩み寄ってくると、レントの手に箱を押しつけてきた。

「なに、これ？」

「もうっ。昨日言ったでしょ。おべんとう、作るから持っていってって」

「あれ本気だったの⁉」

レントは目を丸くする。

なにしろ妹はどれだけ母に言われても家のことを手伝いたがらず、父にくっついて狩りに出かけたり、弓術の稽古《けいこ》ばかりしているのだ。

おかげでレントの家事炊事の腕が上がること上がること。

「お前が料理をするなんてなぁ……」

「なによ。ちゃんとお母さんに手伝ってもらったから、死にはしないわよ」

「そこは、美味《おい》しいよ、とかじゃないの」

レントは呆れるが、すぐに笑みを浮かべ妹の差し出すおべんとうを受け取る。

「ありがとう、味わって食べるよ」

「うん、その……がんばってね、お兄ちゃん」

「ああ、絶対合格する」

「Aクラスだよ」

「もちろん！」

「それで、首席卒業して、王室勤務になって、私に王族の結婚相手を紹介してよね！」

「ハードすぎる！」

おべんとう一つの対価としてはでかすぎる。

レントは苦笑しつつ馬車に乗り込む。

「じゃあ……行ってらっしゃい！」

「うん、行ってきます」

屋敷を出るときにもしたが、改めて言葉を交《か》わす。

馬がいななイて、馬車が出発する。

次にここに戻ってくるのはいつになるだろうか。

魔法学園で自分を待ち受ける、とんでもない事件のことなど知る由《よし》もなく、レントは妹が作ってくれたおべんとうを食べるのだった。

第1話　魔法学園に入学したけどＣクラスでした

E, MINNA KODAIMAHO TSUKAENAINO!!???

マナカン王立魔法学園の聖堂では、入学試験の最終科目である魔力値測定が行われていた。

聖堂には魔力測定のための魔道具がいくつか用意され、ずらりと並んだ受験者が順番に魔力を測《はか》っていく。

「魔力潜在値《せんざいち》354、放出量25、純度は40パーセント……総合値は354だな。はい次」

魔道具の横に立つ試験官は結果を紙に書き込み、機械的にどんどん処理していく。

そうして自分の前の受験者が減っていき、自分の番が近づいてくるのを、レントはドキドキしながら待っていた。

周りと同じ十五歳。男子。

受験者の中には魔法騎士団志望の者もいるため、ガタイのいい者やいかつい外見の者も多い。

そんな中でレントは華奢《きやしや》と言っていいくらい痩《や》せていた。

では嗜《たしな》みとして魔法を学ぶ貴族のような整った外見かというと、そんなこともない。

顔はべつにマズいということはないが、どことなく野暮《やぼ》ったい。

ボサボサとして整っていない黒髪が、裕福な貴族とはっきり区別をつけている。かなり流行遅れの服装と合わさって、田舎者感《いなかものかん》が満載であった。

それも仕方ないだろう。

レントはマナカン王国一の田舎と言われるクォーマヤ地方の貧乏貴族の息子なのだ。

ファーラント家は一応男爵位を有してはいるが、特に常備している兵隊があるわけでも、王都に居館を有しているわけでもない。

やっていることは、地域住民の困りごと――川が溢《あふ》れたとか、喧嘩《けんか》が起きたとか、牛が逃げたとか――を解決してやることくらい。

そんな、地主と大して変わらないのがファーラント家である。

なので当然、王都で流行のファッションに身を包んだり、魔力測定試験のためにわざわざ散髪してくるなんて余裕はレントにはないのだった。

しかし、レントはやる気に燃えていた。

なにしろ彼には魔法の才能があった。

一週間前に行われた筆記試験はなんと満点。二日前に行われた面接試験でそのように言われ、褒《ほ》められた。その面接試験でも、面接官の反応はとてもよかった。

魔力測定値が高ければ、Aクラスに入ることもできるかもしれない。

Aクラスといえば王立魔法騎士団への登竜門《とうりゅうもん》。ほかにも王立魔法研究所や王室魔法指南役、大陸魔法使い同盟の職員など、エリートへの道が拓《ひら》けている。

そして……自分の魔力値がかなり高いことをレントはすでに知っている。

「なにしろ、ずっと魔法の練習してたからな……」

レントは思わず呟《つぶや》く。

ファーラント家の先祖は、八百年前に魔王討伐《とうばつ》を果たした勇者パーティの一員だ。

勇者は魔王を討伐したのちマナカン王国を築き、パーティのメンバーは王家に仕《つか》える貴族となった。

勇者パーティに参加していたファーラント家の先祖は、当代最強の魔法使いだった。

魔王配下の十万のオーク軍を一瞬にして地の底に沈めたとか、巨大ドラゴンを炎で焼《や》き尽《つ》くしたとか、様々な伝説を残している。

なので当然、ファーラント家はマナカン王国の王宮魔法士となった。

ファーラント家のもとで魔法技術は発展し、マナカン王国は大陸最強の国家になるのだ――と皆が思った。

しかし、ファーラント家の魔法の才能は一代限りのものだったらしい。

つまり、勇者パーティに参加した伝説の魔法使いの息子も、孫も、その息子も、魔法使いとしてはごく平凡だった。

娘も、その息子も、ついでにいとこも、甥《おい》も姪《めい》も、ひ孫も玄孫《やしゃご》も、一人たりとも伝説の魔法使いの千分の一の能力も持たなかった。

そんなわけで、伝説の魔法使いが亡くなると、新たに当主となった息子は、自ら申し出て田舎のクォーマヤ地方に移り住んだ。いつか伝説の魔法使いの再来となるような者がファーラント家から現れたなら、ふたたび王国のために力を尽くすべく王都に参上することを、国王と約束したのだという。

それから八百年、ファーラント家の人間には、一人も魔法の才能がある者が生まれなかった。もう王室も、そんな約束は憶《おぼ》えていないかもしれない。

しかし、とうとう伝説の魔法使いの再来が生まれたのである。

それがレントだった。

ファーラント家の屋敷には、地下書庫がある。

そこには、伝説の魔法使いが記《しる》した魔法技術の指南書や研究書が山ほどある。

レントは幼いころからそれらの本を読みふけった。

なにしろ田舎なのでほかに娯楽がないのだ。

レントはそこに書かれた魔法の体系の美しさ、深遠さに心を奪われ、それらを一つ一つ実践《じっせん》していった。

王立魔法学園に入学できる歳《とし》になるころには、それらの本に書かれた魔法を一通り使いこなせるようになっていた。

レントの父は驚いた。

それらの本が王都の魔法騎士団の本部や魔法研究所ではなく、ファーラント家の地下に放り込まれていたのは、誰もそれらの本の内容を理解し、実践することができなかったからなのだ。

つまりレントは、八百年前の先祖、勇者とともに魔王を倒した伝説の魔法使いと同等の魔法の才能がある、ということになる。

そう、ファーラント家はとうとう復活したのだ。

長い時を経《へ》て、伝説の魔法使いの末裔《まつえい》がふたたび表舞台に立つときがきた。

今日はその記念すべき最初の日となるかもしれない。


「おお～！」

少し離れた列の前のほうでざわめきが巻き起こった。

　どうやら今日一番の高い魔力値が測定されたらしい。

「サラ・ブライトフレイム、魔力潜在値980、放出量135、純度80パーセント……総合値は1万584。もったいないな、面接でもっとちゃんとしていれば……」

「ありがとうございました」

　試験官の言葉を礼で遮《さえぎ》って、その受験者はその場を歩き去る。

　燃えるような赤髪の、険《けわ》しい表情の少女だった。

「かっこいー。やっぱ王都の貴族は違うなー」

　そんな感じでレントが思わず見惚《みと》れていると、試験官に呼ばれた。

「おい、次は君だよ。えーと、レント・ファーラント？」

「あ、は、はい」

　レントは慌《あわ》てて魔力測定器の前に立つ。

「はい、そこに手をかざして」

　いくつかの魔石と魔力回路で造られた精緻《せいち》な魔道具だ。レントはじっくり観察したい気持ちになるが、試験官に促《うなが》され中央にある魔石に両手をかざす。

　しかし——なんの反応も起こらない。

　試験官がこちらを見もせずに言ってくる。

「なにしてるの、早く両手を中央の魔石にかざして」

「あの……もうやってますけど」

「え？」

レントの言葉に、試験官が顔を上げる。

「あれ、変だなぁ。まさか故障《こしょう》？　さっきまでなんともなかったのに……」

と、そのとき、ようやく魔石が光を放つ。レントの測定結果が出たようだ。

しかし、それを見る試験官の表情はふたたび困惑に染まってしまった。

「魔力潜在値0、放出量0、純度0パーセント……総合値0。え、なにこれ？」

困惑はレントも同じだった。なんか縁起《えんぎ》でもない数字がたくさん連呼された気がしたんだけど。

「どうした？」

異変を感じ取って、隣《となり》の試験官が近づいてくる。

「それが……見てくださいよ、これ。故障ですかね？」

「総合値0？　ありえないだろ。おい君、いったん手を離して、もう一度かざしてみたまえ」

「あ、はい」

レントは言われるままに、手を魔石から離し、もう一度近づける。

魔石の光がいったん消え、しばらくしてまた光る。

「……やっぱり0だな」

「0ですね」

そうゼロゼロと連呼しないでほしい。

次第にほかの試験官や、測定を終えた受験者まで集まってきてしまう。レントはひどく気まずい。

「やっぱり故障じゃないのか。君、こっちの測定器にきてくれ」

そう言われ、隣の測定器に手をかざすレント。

しかし、やはり結果は同じ。全ての数値が0を示していた。

さらに、それらの測定器で、べつの受験者や教官が魔力を測定したところ、問題のない数値が表示された。

故障ではないようだった。

つまり……。

「本当に、0？」

「そうみたいだな」

「そんなことありうるのか？」

「だが、測定器は正常に機能しているんだ」

教官たちはほかの受験者の測定そっちのけで問答を始める。

「原理上、魔力のない生物は存在しないんだぞ。ネズミだってカエルだってトンボだって多少の魔力は有しているもんだ」

「つまり彼はトンボ以下ということか？」

「しかし、この結果を見てください。筆記試験と面接試験は満点なんです。面接はともかく、筆記は、ある程度魔法の実践経験がなければ満点は取れない内容です」

一次試験と二次試験は素晴らしい成績だったらしいが、直前にオケラ以下とか言われているのでレントは素直に喜べない。

「うーん、まあ、空気中の微量魔力を用《もち》いれば魔法は使えるからなぁ」

「であれば、入学させないというわけにはいかないでしょう」

「魔力ゼロなのに？」

「魔力ゼロですけど」

「魔力ゼロじゃなぁ……」

魔力ゼロ魔力ゼロと連呼した末に、うーんと唸《うな》る試験官たち。

レントは耐えきれなくなって問いかける。

「あの、けっきょく俺はどうなるんでしょう……？」

試験官たちはいっせいにレントを見て、それからまたお互い顔を見合わせ、うーんと唸ってから告げた。

「「「「ま、Ｃクラスかな」」」」

こうして、八百年の時を経て華々しく復活を飾るはずだった、伝説の大魔法使いの末裔であるレント・ファーラントは、最低ランクのＣクラスとして王立魔法学園に入学することになったのだった。

○

「はーあ……」

レントはため息をつきながら、マナカン王立魔法学園への道を歩いていた。

王都の大通りである。両脇には王国の国章である獅子《しし》の旗が翻《ひるがえ》り、街は華やかな雰《ふん》囲気《いき》に包まれている。

対照的にレントの心は重い。

なにしろ先日の入学試験でレントは魔力値がゼロと測定され、最低のＣクラスに入ることになってしまったのだ。

筆記試験と面接試験が満点という快挙《かいきょ》だったため、彼の落ち込みはより大きかった。

生物が体内に持っている魔力とはべつに、空気中には微量魔力というものが存在している。

魔力ゼロのレントはどうやら、この微量魔力を使ってなんとか魔法を扱《あつか》えていたようだった。

つまり、レントが実践していた数々の魔法は全然すごいものではなかったらしい。

「そりゃそうか。もう八百年も経《た》ってるんだ。魔法だって進歩してるよな……」

ファーラント家の祖先の伝説の大魔法使いが、マナカン王家の始祖である勇者とともに魔王を討伐したのは八百年前。

当時最先端だった魔法技術は、今では時代遅れの遺物でしかないということだったのかもしれない。

「ま、落ち込んでても仕方ないか」

レントは両手でパンパンと頰《ほお》を叩《たた》くと、そのまま両腕を上に持ち上げた。

幸い不合格にはならず、最低クラスとはいえ魔法学園に入学することはできたのだ。

真面目《まじめ》に学んで、少しでもいい仕事を見つけて、父と母と妹に楽をさせてあげればいいのだ。

「よーし、やるかー」

レントは気分を切り替えて、魔法学園への道を行く。

基本的に楽天的な性格なのだった。


「ん？」

ふとレントは足を止めた。

魔法学園まであと少しといったところの路地裏で、魔法学園の制服を着た、見覚えのある人の姿を見つけたのだ。


「あれは……」

入学試験のときすごい成績だった赤髪の少女。

たしかサラとかいう名前だった。

彼女と向き合っているのは、黒いフードで顔を隠した三人の人物。

サラが三人に向かって告げる。

「諦《あきら》めなさい。そんな怪《あや》しい格好で王都をうろつくなんて、捕縛《ほばく》してと言ってるようなものよ」

どうやら、サラが黒フードたちを見とがめたらしい。

声をかけたら黒フードたちが逃げ出したので、それを追《お》いかけて、この路地裏に追い詰《つ》めたところ……といった感じだろう。


「ちっ……」

黒フードの一人が小さく舌打ちした。

そして、なんの予備動作もなく魔法を放った。

闇属性・第七位階《いかい》魔法、ダークフレア。

「っ……ファイアウォール！」

サラはとっさに炎の壁で防ぐ。

しかし黒フードが放った闇色の魔法は触《ふ》れた瞬間に彼女の魔法を消失させた。

「なっ……！」

サラは驚きに目を見開く。

まさか自分の魔法が破られるとは思っていなかったようだ。

たしかに今のファイアウォールはすごい魔力量だった。

しかし、炎属性の第二位階魔法では闇属性魔法とは相性が悪すぎる。

「ダークアブソーブ……！」

べつの黒フードがさらに魔法を繰り出す。

物質を消失させる闇属性魔法……黒フードはサラをこの場で消す気だ！

レントはとっさに駆け出す。

闇色の球体は地面や周囲の壁を取り込み消失させながらサラに迫る。

「な、なにっ……⁉」

彼女は初めて見た魔法に驚いたような様子で、その場から動けないでいた。

「伏《ふ》せて！　ライトショット！」

レントはそんな彼女の前に躍り出ると、光属性・第七位階魔法を放つ。

闇色の球体に激突した光の弾丸が弾《はじ》け、まばゆい光が路地裏に満ちる。

「ぐっ……！」

あまりの眩《まぶ》しさに目を伏せるレント。

やがて――目を開けたときには黒フードたちの姿は消えていた。

レントは息をつき、サラに振り返る。

「ふう……大丈夫だった？」

「……すごい」

レントが差し出した手をとることもなく、啞然《あぜん》とした表情でサラは呟いた。

「なに今の魔法……私の魔法が効かないなんて……しかもその魔法を打ち破るなんて」

「あのー」

「っ！」

レントが再度呼びかけると、サラははっとして彼を見る。

それからなぜかすごく怒ったような表情で彼を睨《にら》み、自分で立ち上がると、走って路地裏を立ち去ってしまった。

「……えーと」

レントは差し出した手を持っていく場がなくなって立ち尽くす。

けっきょくあの黒フードたちは何者だったんだろう。

あと、サラはどうしてなにも言わずに立ち去ってしまったのだろう……。

「──ヤバい！　入学式！」

レントも慌てて路地裏を飛び出す。

きっと彼女も入学式に遅れると思って急いだのだ──とレントはそう考える。

基本的にお人好《ひとよ》しなのだった。


魔法学園の正門を入ってすぐの前庭には、貴族や大商人の馬車が停められ、着飾った新入生たちがお供《とも》を連れてぞろぞろと歩いている。

レントはその脇を抜けて入学式の会場へ向かおうとするのだが……。

「きゃあ、ルイン様よ！」「素敵！　なんてお美しい！」「私を見て笑ったわ！」「違うわよ私よ！」

ちょうど到着した馬車から現れた新入生に、貴族の令嬢がわっと群《むら》がっていき、レントは突き飛ばされてしまう。

「ちょっと！　邪魔よ！」

「ご、ごめん……」

すごい剣幕《けんまく》の女子生徒に、文句を言う隙《すき》もなかった。

ルインというのは、たしかマナカン王国の王子だ。

四属性魔法全てを自在に使いこなす天才で、王位継承権は五位ながら、国民の人気は一番。美しいと評判の王妃の血を受《う》け継《つ》ぎ、ものすごい美形とのことで、特に女性の人気が高いそうだ。

ちなみにレントも四属性の魔法を全部使うことができるが、魔力ゼロの自分が使うものなのできっと大したことはない。王子が使う魔法は、現代の魔法戦でも通用する、しっかりとしたものなのだろう、とレントは考える。

そんな王子をちょっと見てみたい気もしたが、取り囲む女子が多すぎてまったく姿はうかがえない。

レントは諦めて入学式会場に向かった。

入学式会場は、普段は訓練場として使われている中庭だった。

すでに多くの生徒が並んでいる。正面には、偉《えら》い人が挨拶《あいさつ》するのに使うっぽい仮設のステージが組まれていて、その奥に布を被せられた大きなものが建っていた。

あれはなんだろうなとレントが眺《なが》めていると、案内役らしい教官が声をかけてきた。

「君は新入生かな。どうかした？」

「あ、はい。あの、布を被っているのはなんですか？」

「ああ、あれはルナ・リバロ校長の石像だ。先日、あの方が新たに魔法術式を編み出した功績が認められてね。最高位魔法使いの位を国王から授《さず》かったんだ。その記念として石像が作られたのさ。入学式の最後に、あの石像も披露《ひろう》される予定だ」

ルナ・リバロの名前は田舎者のレントでも知っている。

魔法によって長寿を獲得し、すでに百歳を超えているにもかかわらず現役の魔法使い。現代の魔導の最高峰と言われ、魔法学の新たな道を次々と切り拓いている。石像が作られるのも納得だ。

「そろそろ入学式が始まるぞ。早く列に並びたまえ。君の所属と名前は？」

「あ、はい。俺はCクラスの――」

レントが名前を言うより早く、なんなら『Cクラス』の『ク』のあたりで教官の態度が激変した。

「Cクラスならあっちだあっち。なにぼやぼやしてるんだ。さっさと並べほら」

レントの背中をバシバシ叩いて、ここから追い出そうとでもしているみたいな態度だ。

「痛っ、痛いって、わかりましたよ……」

レントは教官から逃げるように、言われた場所に向かう。

しかしすぐに迷ってしまった。

教官が示したのは中庭の外れだったのだが、そっちには魔法の訓練で使うらしい道具が置いてあるだけで、並ぶようなスペースが見当たらない。

「あれ、どこに行けばいいんだ？」

「あ、あの……」

レントが困っていると、声をかけてくる生徒がいた。

薄い水色の髪の小柄な少女だ。おとなしそうな顔を、困ったような表情にしている。

「あの、Ｃクラスの方ですか？」

「うん、そう。君も？」

「そ、そうです。よかったー。どこに行ったらいいのかわからなくて……」

「……奇遇《きぐう》だね。俺もなんだ」

「え……」

言葉に詰まってしばし見つめ合い、二人はどちらからともなく笑い出す。

「えっと、俺はレント。レント・ファーラント。君は？」

「わ、わたしはディーネです。よろしくお願いしますっ」

としっかりと頭を下げるディーネ。

自己紹介は済《す》んだが、どこに行けばいいのかは相変わらずわからない。

そこへ、また一人生徒がやってきた。

「なに、あの教官の態度は。気に入らないわね」

「あ、君は」

さっき路地裏で黒フードたちと対峙《たいじ》していたサラだった。

「さっきはどうも。えっと、君もCクラス？」

意外だった。彼女の魔力の総合値はたしか一万を超えていた。そんな生徒はほとんどいなかったはずだ。

なのにどうしてCクラスに……。

「っ……！」

サラはレントに気づくと、びっくりしたように目を丸くして、そのまま顔をそらしてしまった。

なんだかわからないが嫌われてしまったのだろうか。

ともかく、Cクラスの生徒がここに集められているのは間違いないようだ。

しかし他のクラスの生徒がスペースを与えられてきちんと整列しているのに対して、なんていい加減な扱いだろう。

レントが困っていると、乱暴な声がぶつけられる。

「邪魔だ。どけよ、Cクラスの雑魚《ざこ》ども！」

見れば、いかにも貴族という服装の男子生徒がニヤニヤしながら立っていた。

「えっと、君は？」

レントが問いかけると、彼は偉そうに喚《わめ》き立《た》てる。

「無礼だぞ！　この僕の顔を知らないのか？　かのタンブルウィード伯爵家の三男にして、天才魔法使い！　この魔法学園にも当然のごとく優秀な成績でAクラス入学を果たした、シフル・タンブルウィードだ！　憶えておけ、落ちこぼれども」

「ごめん、王都の事情には疎《うと》くて。まだ名家の名前も詳《くわ》しく知らないんだ」

「ふんっ、そんなお前はどこのどいつだ」

「えっと、俺はファーラント家の――」

「おおっと、そこにいるのはブライトフレイム家のご令嬢ではないか！」

レントが名乗ろうとしているのを無視して、シフルは赤髪の少女に目を向ける。

「せっかくの魔力と魔法の才能があるのに、口の悪さでCクラス入りとはね。お父上が嘆《なげ》いていなかったかい？　僕の誘いを断るからこういうことになる」

「…………」

「今からでも遅くない。僕が口利きすれば、君もAクラスに行けるよ。こんなゴミためとはおさらばだ。どうだい、サラ」

無言を貫《つらぬ》く彼女――サラに対して、シフルの態度はだんだん馴《な》れ馴《な》れしくなる。

どうやら二人は旧知の間柄らしい。

そして、とうとうシフルがサラの肩に手を載せようとしたところで、サラはその手を払って、シフルを睨みつけた。

「寄らないで。無能がうつるわ」

「……どういう意味だ」

睨み返すシフルに、サラは怯《ひる》むことなく続ける。

「あなたの魔法の実力なら、本来Bクラス入学が妥当。それなのにAクラスだなんて——口、利きがうまくいってよかったわね。おとうちゃまにたくさんお礼を言っておくといいわ」

「このっ！　僕を侮辱《ぶじょく》して！」

シフルが手を持ち上げると、彼の手のひらから魔力が放出される。

「ちょっとちょっと、こんなところで魔法使うつもり⁉」

「けっ喧嘩はいけませんよぉ！」

レントとディーネは焦《あせ》って止めようとするが、シフルは即座に魔法を発動した。

「ウィンドブラスト！」

強力な風の一撃を相手に与える第二位階魔法だ。

空気の塊《かたまり》がまるで砲弾《ほうだん》のようにサラを狙《ねら》う。

「ファイアウォール」

サラはそれをなんてことないように炎の壁で防御した。

シフルのウィンドブラストは簡単に弾け飛んでしまう。

しかし――その破片《はへん》の一つがディーネに向かって飛んできた。

「危ないっ！」

レントはとっさにディーネをかばおうとするが、間に合わない。

レントの見たところ、ウィンドブラストの威力は大したことがない。

だが、それは自分が時代遅れの古代魔法しか知らないからだとレントは考えた。

現代の魔法は、小さなサイズの魔法に、強烈な効果を及《およ》ぼす術式などを組み込んでいるのかもしれない。

だとすればディーネが危ない。大怪我《おおけが》をするかもしれない。下手《へた》をしたら死んでしまうかも。

レントはとっさに魔法を発動する。

レントにとっては未知の現代魔法に対処するために、全力で魔力を練り上げる。

「――ウィンドショット！」

ウィンドショットは小さな風の球を放出する第一位階魔法だ。時間がなかったので、これくらいしか放てなかった。

（なんとか、これで防げればいいけど……！）

レントの手から離れた風の球がウィンドブラストの破片とぶつかる。

そのとたん二つの風魔法はぶつかり、軌道を変えた。

次の瞬間――轟音《ごうおん》とともに強烈な爆風が発生した。

ゴォ！　とまるでドラゴンが羽ばたいたような砂埃《すなぼこり》が巻き上がり、風魔法はシフルの髪を数本切断して、すぐ横を吹き抜けていく。

融合した風魔法はさらに勢いを増し、うねりを打ちながら立ち並ぶ生徒たちの上空を通過し、正面のステージを越え、布を被せられた校長の石像に激突した。

どがあああああああん‼‼

強烈な音が中庭に響き渡る。

「な、なんだ⁉」

「魔族の襲撃か？　テロか？」

「うわああ！　石像が！」

巨大な石像が布を被ったまま倒れて、地面に激突した。

どごん、がらん、がらがら……と、あからさまに粉々になっている音が響く。

「お、おい、どうするんだ、あれ……」

蒼白な顔で呟くシフル。

「知らないわよ」

呆《あき》れた顔でため息をつくサラ。

「わ、わたしのせい、ですよね……ご、ごめんなさい！」

その場に土下座する勢いで頭を下げるディーネ。

「いや、悪いのは君じゃない」

しかしレントは、ディーネにそう告げると、シフルに向かって言う。

「おい、危ないじゃないか！」

「あ、はあ？」

「なんであんな強力な魔法を放ったんだ！　へぼいウィンドブラストに見せかけて、あんな強烈な破壊力を仕込んでおくなんて！」

レントは、石像を破壊したのは、シフルの魔法だと思っている。

王立魔法学園の校長の石像だ。魔法防御のための障壁が施《ほどこ》されていないはずはない。しかもそれは現代魔法のもの。現代の魔法障壁を突破できたのなら、原因はシフルが放った現代魔法に決まっている。

レントはそう考えている。

しかしシフルは激しく反論してきた。

「ば、バカを言うな！　それはこっちのセリフだ！　お前こそ僕を殺す気か！　もうちょっとズレていたら当たっていたぞ！」

「ふざけないでよ。あんな弱いウィンドショットで死ぬはずないじゃないか」

もちろん、なんの防御もしなければ危ないかもしれない。

だが、レントが放ったのは時代遅れの古代魔法だ。そんなもの、現代魔法の防御を使えば、簡単に防げるに決まっている。

しかしシフルは目を見開いて怒鳴《どな》ってくる。

「あ、あ、あれがウィンドショットだと⁉　ふざけるな！　あんな強力なウィンドショットがあってたまるか！　どう考えてもウィンドカノンだろ！」

ウィンドカノンはウィンドショットよりも強力な風の塊を撃《う》ち出《だ》す魔法だ。主に城の攻略などの戦争時や大型モンスター退治などに使用される魔法で、対人戦闘で使うようなものではない。

「当てつけか！　当てつけだな！　当てつけに決まってる！　Cクラスのくせに僕をバカにして！　お前、名前は⁉」

「だから俺はファーラント家――」

「うるさい黙《だま》れ！　Cクラスの落ちこぼれの名前なんか憶えてやるもんか！　バーカバーカ！」

自分で訊《き》いておきながらレントの言葉を遮って、シフルは逃げるように立ち去った。

「……………なんなんだ、あれは」

あれが王都の貴族というものなのか。

しかし魔法の実力は確かなものだった。なにしろ分裂した上、レントが弾いて威力が減衰《げんすい》されたはずのウィンドブラストであの威力だ。さすが現代魔法はレベルが違う……とレントは思っている。

「あ、あの……！」

ディーネが呼びかけてきた。

「ああ、そうだった。大丈夫？　怪我はない？」

「は、はい！　助けていただいてありがとうございます」

「ううん、大したことはしてないよ」

「それはどうかしら」

と、赤髪の少女――サラが口を挟《はさ》んできた。

彼女は腰に手を当ててレントを睨んでいる。

「あの威力……どう考えてもシフルのヘボ魔法じゃなくてあなたの力でしょう？　なんでCクラスであんな魔法が使えるの？」

サラは真剣な口調で言ってくるが、レントは納得がいかない。

「君までからかわないでほしいな。俺は魔力値ゼロって言われたんだよ？　そんな強力な魔法を使えるわけないじゃないか」

「あなたが、あのときの……？」

サラの目が鋭《するど》くなる。

レントが魔力ゼロと測定された場には、サラも残っていた。レントの姿は見ていなくても、あのときの騒《さわ》ぎは知っていたのだろう。

「そんなバカな話があるわけないでしょう？　さっき黒フードのやつらを追い払った魔法だって信じられない威力だったわ。この私でも太刀《たち》打《う》ちできなかったのに！」

「いやあれは相性の問題で……」

どうしよう。なんかいろいろと勘違いされてしまっている。

「教えなさい！　あなたは何者⁉　なんであんな魔法を使えるの⁉　どうして実力を隠してCクラスに入ったの⁉」

「ちょっ……近い近い近いって！」

ぶつかりそうなくらいレントに迫って顔を近づけてくるサラ。

息が鼻に当たる距離だ。

その勢いと、彼女の整った顔に戸惑《とまど》っているところに、教官が数人駆けてきた。

「おい、君たちか、さっきの魔法は！」

面倒なことになりそうだった。

王立魔法学園の入学式で起きた石像破壊事件は、生徒同士のいざこざということでケリがついた。

けっきょく、誰の魔法が破壊の直接の原因だったのかはわからないが、タンブルウィード家の名前が出たことで、事件は内々に収めることになったようだ。

あとから聞いた話だが、タンブルウィード伯爵家は、王国全土の魔法使いを管理する魔法省の長官を代々務《つと》める家柄で、魔法関連の人事には強い発言力を有するとのこと。

魔法学園も、かの家とは良好な関係を保《たも》っていたいようだった。

その日の入学式は中止となり、式は改めて翌日開かれた。

校長の石像の姿は、その場にはなかった。

○

「うーん、よし！」

マナカン王立魔法学園の男子寮の一室。

レントは制服に着替えると、鏡で服装を確認した。

入学式の翌日。

今日からいよいよ魔法学園での生活が本格的に始まるのだ。

ここで魔法をしっかり学んで、いい仕事を見つける。そして父や母や妹に楽をさせてあげるのだ。

「よし！」

もう一度そう言って気合いを入れると、レントは寮の自室を出た。

指定されたＣクラスの教室に到着する。

教室にはすでに生徒が何人か揃《そろ》っていた。

薄い水色の髪のディーネは最前列の真ん中に緊張した面持《おもも》ちで座っている。

その斜《なな》め後《うし》ろ、少し離れたところに男子生徒が一人。机に脚《あし》をのせ、頭の後ろで手を組んでいる。

赤髪のサラは、窓際で不機嫌そうに腕を組み、目をつぶっていた。

「あ、レントさん。おはようございます」

「やあ、おはよう」

ニッコリと笑みを浮かべて挨拶してくるディーネに挨拶を返し、レントは彼女の隣に座った。

「もうすぐ授業開始だけど、あまり揃ってないね」

「いえ、Cクラスはこれで全員みたいですよ」

「そうなの？」

昨日の入学式では、新入生は百人くらいいた。ほとんどの生徒はAクラスかBクラスというわけか。

たしかに会場の端《はし》っこに追いやられたCクラスはレントとサラとディーネしかいなかったが、あれはそんな扱いが嫌でみんなサボっていたのかと思っていた。

レントは入学式のときにはいなかった、斜め後ろの男子に話しかける。

「俺はレント・ファーラント。よろしくね」

「おう、オレはムーノだ。よろしくな」

ムーノは、ポーズはそのままだったが、人懐《ひとなつ》っこく笑みを浮かべて答えた。

短い髪に、着崩した制服。ちょっと怖そうな印象があるが、性格は人当たりがよさそうだった。

「さ、サラも、よろしくね」

「ええ、よろしく、レント・ファーラント。あなたがこれからの授業でどんな魔法を見せてくれるのか今から楽しみだわ」

「あはは……」

どうやらレントへの興味はいまだ強い様子だ。

ムーノは驚いた顔でレントを見てくる。

「なんだお前、ブライトフレイム家のお嬢様と仲良いの？　すごいな」

「いや、仲がいいっていうか……」

レントは入学式に向かう途中で黒フードを撃退した話と、入学式会場で校長の像を破壊した話をする。

「うっわーそれ見たかったな。オレ用事があって入学式出られなかったから」

ムーノはそう言ったあと、窓際のサラのほうを睨んで、

「オレが挨拶したときなんか顔すら向けてくれなかったんだぜ」

「わ、わたしもです……」

ディーネも言ってくる。

「ブライトフレイム家のお嬢様は落ちこぼれのオレらとは関わりたくないんだろうよ」

ムーノはサラの家名を強調してくる。

「ブライトフレイム家ってそんなすごい家柄なの？」

「おまっ、マジかよ」

レントが尋《たず》ねると、ムーノは椅子《いす》のバランスを崩してひっくり返りそうになる。

「ブライトフレイム家っていえば、ここ何代も王立魔法騎士団の団長を務める火魔法使

いの名門中の名門だぞ。オレみたいな庶民でも知ってるっつうの。なあ」

「はい……わたしの家は魔道具を扱う商家なので、ブライトフレイム家のお名前はよく耳にします」

「そうなんだ……ごめん、俺、地方出身だから王都の事情には詳しくなくて」

レントは苦笑しながら言う。

「けど……その名門のお嬢様がどうしてCクラスに？」

「さあ。本人に訊いてみたいけど、あの調子だからなぁ」

ムーノはサラのほうをちらっと見て、わざとらしくため息をついた。

そういえば、石像破壊事件のとき、シフルがサラになにか言っていた。『僕の誘いを断るから』とかなんとか。

サラがCクラスに入ったのには、彼が関わっているのだろうか……？

レントがそんなことを考えていると、女性の教官が教室に入ってきた。

歳は二十代半ばだろう。かなりの美人で、大人の雰囲気を漂《ただよ》わせている。

「初めまして、皆さん。ワタシがこのクラスを担当するミリア・ピースマーキスよ。よろしくお願いしまわわわわわ！」

と、教壇に向かいながら挨拶をしていた教官は、段差につまずいてどしんと転んだ。

「だ、大丈夫ですか？」

「え、ええ。もちろんよ！　魔法学園の教官は、この程度で痛がったりしません――ああ、スカートが破けてるっ！　高かったのにっ！」

「………」

泣きそうな顔で叫ぶミリア教官。

しかし彼女は気を取り直したように立ち上がり、教壇に立つと、こほんと咳払《せきばら》いして話を再開する。

「ええっと、まずは出席を取りますね」

「見れば、揃っているのはわかると思いますが」

「うっ……」

サラに冷たい声で言われて言葉を詰まらせるミリア。

「そ、そうね……では、皆さん自己紹介を……」

「必要を感じません。ここは魔法の技術を習得する場であって、友達を作る場ではありません。早急《さっきゅう》に授業に入っていただけますか」

「ううっ……」

さらに冷たい声で言われて、さらに言葉を詰まらせるミリア。

と、そこへムーノが口を開く。

「ほんとブライトフレイム家のお嬢様は偉そうだな」

「なにがあったのか知らないけど、あんたもCクラスなんだからよ。Cクラスの教官のやり方に従《したが》うべきなんじゃねえの？」

「私はっ、本来ならこんなところにいるべきじゃないの……！　お友達ごっこなんかしてる余裕はないのよっ！」

「オレだって、自分だけは別世界の人間ですよみたいな顔してる貴族と仲良くなんかしたくねえな」

「なんですって？」

「なんですって！」

ガタッ、と立ち上がるサラ。ムーノも椅子を蹴立《けた》てて立ち上がる。

「ちょっと、ムーノっ」

「さ、サラさんも落ち着いて」

レントとディーネが二人を止めようとする。

が、それより早く、

「ふふふ二人とも、喧嘩はだめよぉおお！」

ババババン！　と、教室の中央に小さな雷が発生した。

火と風の二属性を扱えないと使えない雷撃系魔法『ライトニングフラッシュ』だ。

雷の直撃によって、机が一個丸焦《まるこ》げになる。

　さすがは王立魔法学園の教官である。ちょっと抜けているように見えても、魔法の実力は確かなもののようだった。

「…………」

「…………」

　サラとムーノは無言で席に座り直す。生徒を静まらせるために教室内で魔法をぶっ放すミリアに恐怖を覚えたのかもしれない。

　しかし、当のミリアは笑みを浮かべて、

「みんな、同じクラスの仲間なんだから仲良くしてね。それでは授業を始めるわよ」

　教官のミリアは黒板に図を描きながら説明を始める。

「現代では魔法技術は四系統、三段階に区分されているわ。系統は、地水火風の四つ。段階は下位魔法、中位魔法、上位魔法の三つね。この学園のクラス分けはこの段階に対応していて、Aクラスでは上位魔法、Bクラスでは中位魔法、Cクラスでは下位魔法を中心に学習を行っていくわ」

　この辺りは常識らしく、サラ、ディーネ、ムーノの三人はなんてことない顔で話を聞いている。

　しかしレントにとっては違った。

（古代魔法より簡素化されているのか……）

レントの先祖である伝説の魔法使いが残した書物によれば、古代魔法には、地水火風の四属性のほかに、光と闇の二属性があった。

さらに、段階も『位階《いかい》』と称され、第一位階から第九位階まで存在していた。

一応レントは第九位階まで使いこなせるようになったのだが……。

（たぶん、それでやっと下位魔法を憶えた程度なんだろうな……）

なんといっても、レントがCクラスに入れられるくらいなのだ。

現代の魔法は、古代魔法の第九位階など初級、入門といった扱いなのだろう、とレントは考える。

「さて、この三段階の区分は魔法の特徴に一致《いっち》しているわ。これは、わかる人、いるかな？」

ミリアが皆に問いかける。

ディーネとムーノが手を挙《あ》げる。レントが挙げないのは普通にわからないからだが、サラはミリアに対する反発のようにも見える。

「では……サラさん、答えてくれるかしら？」

しかしミリアは果敢《かかん》にサラに声をかける。

さすがに授業の進行を妨《さまた》げる気にはならないようで、サラは小さくため息をつきながら立ち上がった。

「……上位魔法は攻撃重視。中位魔法は防御や回復などの戦闘補助重視、下位魔法はそれ以外です」

「そうね。ちなみに――」

「ちなみにこの区分は五十年前まで続いていた抗魔戦争《こうませんそう》の際に生まれたものです。長期にわたった戦争において魔法を効率的《こうりつてき》に運用するため、戦場における役割を明確にする目的でマナカン王国が採用し、その後各国に広がっていきました」

「そ、そうですね。完璧です。ありがとう」

「…………」

サラは鼻を鳴らして着席した。

レントは内心でなるほどと頷《うなず》く。

現代魔法の区分は、古代魔法の九位階とはまったく異なる《こと》もののようだった。

位階は、簡単に言えば『魔法の理屈をどれだけ理解しているか』を表すもので、使える魔法の種類とは関係ない。

それなら第九位階まで進んだレントがＣクラスというのもわかる。

きっと現代の攻撃魔法や戦闘補助魔法は実戦重視で、自分が扱えるのよりもずっと強力なのだとレントは考える。

ちなみにサラが言っていた抗魔戦争というのは、百年前から五十年前までの五十年間続いた、人間の連合軍と魔族軍との戦争である。

魔族の長《おさ》である魔王は八百年前、マナカン国王の祖先である勇者とその仲間が倒したが、魔族の残党は生き残った。

その残党が力をつけて、人間たちに復讐を果たそうとしたのが戦乱の始まりである。

魔族が使う独自の魔法に人間側は苦しめられたが、マナカン王国を中心とする連合軍が一丸となり、魔族軍を打ち倒した。

現在、魔族は大陸北部の山脈で細々と生き延びている。今は活発な動きを見せていないが、やがてまた立ち上がるだろうと言われている。

そのときのためにと、抗魔戦争終結後、各国は魔法技術の発展のための研究施設や、魔法使いの養成施設を設立した。

この王立魔法学園もその一つなのである。

「先生、しつもーん」

「はい、ムーノくん」

「下位魔法はそれ以外、って言ってたけど、具体的にどんなことをするんすか？」

「幅広いので一言では言えないけど、戦場では、小さな火魔法を連続で熾《おこ》して煮炊《にた》きに利用したり、風魔法で食料や武器を運んだり、地魔法で塹壕《ざんごう》を掘ったり、水魔法で川の流れを変えたり、という役割を担《にな》うわ」

なるほど、戦闘とその直接補助以外ならなんでもする、といった感じだ。

「ふんっ」

とそこでサラがまた小さく鼻を鳴らした。

「しょせんは裏方よ。『下位』魔法なんて呼び方で、その扱いがよくわかるじゃない」

「そんなことはないわ！」

サラの言葉に、ミリアは珍《めずら》しく強く反発した。

「たしかに下位魔法は上位魔法や中位魔法に比べて軽んじられ、魔法使いの才能に劣る人が扱うのが下位魔法という偏見があるわ」

けど、とミリアは四人の生徒を見回しながら言う。

「逆に言えば、皆さんには攻撃や戦闘補助以外の全ての魔法を扱う才能があるということでもあるの。決して自分の力に制限を設けないで、どんなことにでも挑戦してほしいわ」

レントはうんうんと頷く。

しかしサラにはミリアの言葉は響かなかったようで、彼女は呆れたように顔を窓のほうに向けてしまった。

ミリアは気を取り直すように手を叩いて告げる。

「じゃ、じゃあ、次は訓練場に出て実践よ。みんなの現在の力を見せてもらうわ」

休憩時間を挟んで、Cクラスのメンバーは外の訓練場に集まった。

入学式が行われた中庭とはべつの場所だ。中庭の訓練場は人数の多いAクラスが使用しているようだった。

「んしょ、んしょ」

と、ミリアがヨタヨタしながら大きな的《まと》を運んでくる。

「んしょ、んしょ……んぎゃ！」

と思ったら途中で転んで的の下敷きになった。

「先生っ！」

「大丈夫っすか？」

「ひーん、重いー！」

レントとムーノが的を起こし、ディーネがミリアを助け起こす。サラは呆れ顔でそれを眺めていただけだった。

的を所定の場所に置き、ようやく次の授業開始である。

ミリアは服についた土を払ってから言う。

「で、では、実践授業を始めるわね。みんなには、この的に向かって魔力を当ててもらいます。まずは先生が手本を見せるわ」

　そう言ってミリアは、的から少し離れたところに立つと、手を前にかざす。

「体内の魔力を手のひらに集めて撃ち出すの。水滴《すいてき》でも石でも、自分のイメージしやすい具体的なものを、手に持って、的に投げる感覚でやってみるとうまくいきやすいわ」

　そう説明しながら、ミリアは魔力を放った。

　ぼんっ、と音がして的が大きく揺れた。

　同時に、円盤状の的の上四分の一と右四分の一の範囲が発色した。

「こんなふうに魔力の特性によって的が変色するわ。ワタシは火属性と風属性が得意ということがわかるわね」

　そういえばレントは、自分がどの属性が得意か考えたことがなかった。

　どの属性魔法も満遍《まんべん》なく使えるのだが、現代魔法のレベルに照らし合わせるなら、どれも中途半端にしか使えない器用貧乏ということになるのだろう、とレントは思う。

　この的で自分の得意な属性を把握《はあく》し、そこをしっかり強化していかないと、と彼は決意を固めた。

「はいはーい。先生。オレやってみていいすか？」

「はい、じゃあムーノくん、どうぞ」

　ムーノがミリアに代わって的の前に立つ。

両手を持ち上げ、全身に力を入れて唸る。

「ぐむむむ……っ！」

やがて、彼の周りの地面の砂がさらさらと揺れた。

そして、彼の手から魔力が放たれる。

的はそよ風に押されたようにかすかに揺れた。

「あっれー、全然威力がないぞ」

「初めてならこれで充分よ。それにほら」

とミリアが的を指差す。的は下四分の一が変色していた。

「ムーノくんは地属性の適性があるみたいね。じゃあ次はディーネさん」

「は、はいっ」

ディーネは緊張した様子で的の前に立つと、手を前に出し、目をぎゅっと閉じる。

「えいっ」

的はほとんど揺れなかったが、左四分の一が薄く変色した。

「ディーネさんは水属性のようね」

「よかったぁ……」

ホッとした様子で息をはくディーネ。

「じゃあ次はサラさん」

「……はい」

サラが的の前に立つ。右手を構えるその姿は凛々《りり》しく、様《さま》になっている。すでに魔法を扱ったことがあるからだろう。

サラの手に魔力が集まってくる。しかしそれは先の三人とは違い、赤く色づいた魔力で、すぐに炎へと変化する。

「あ、ちょっとサラさん――」

ミリアが止める間もなく、サラは炎魔法を的に向けて放つ。

ゴォ！　と周囲の空気を膨張《ぼうちょう》させながら、ファイアボールが的に命中する。的は上四分の一を変色させる暇《ひま》もなく、真《ま》っ黒《くろ》に焼け焦げてしまった。

「調べるまでもなく、私は炎属性です」

そう言い放つと、サラは訓練場の端へ移動した。

「もう――……」

困った顔で言いながら、ミリアはべつの的を持ってくる。また下敷きになりそうだったので、レントとムーノが手伝った。

「最後はレントくん。今はたまたま全員できたけど、すぐにはできないのが普通だから気楽にね。ましてやサラさんはCクラスとしては例外だから、気にしないように」

ミリアがそう言ってくるのは、レントが魔力ゼロであることを考慮《こうりょ》してだろう。

しかしレントとしては手を抜きたくない。

どんな授業でも全力でやって、少しでも多くのことを学ぶのだ。なにしろ古代魔法しか知らない自分と他のみんなとでは八百年分の実力差があるのだから。

レントは手を掲《かか》げ、魔力を集中させる。

サラはかなり実力のある魔法使いのようだ。その彼女の魔法で焼け焦げる程度で済むくらいだから、あの的はかなりの魔力耐性があるのだろう。

レントの時代遅れの魔法では、手を抜いたら変色しないかもしれない。

だから全力でいく。

「――ファイアショット」

火属性・第一位階魔法。

威力はそれほどではないが、レントが初めて憶えた魔法で、それゆえ一番使《つか》い慣《な》れている。その単純な構成に、ありったけの魔力を込めて放つ。

火球がレントの手から的へと飛んだ。

「「「「え？」」」」

その場にいた五人――レントも含めて――全員が驚きの声を上げた。

的が一瞬で消し炭になった。

焼け焦げたとかそんなレベルではない。

一瞬で燃え尽きて、残った真っ黒な灰がパラパラと地面に落ちた。

（あれ？　意外と脆《もろ》い……？）

レントがそんなことを思っている間に、彼の放った魔法はさらに飛んでいく。

火球はどんどん大きくなり、しまいには校舎に激突して、その一角を破壊した。

『うわっ、なんだ⁉』

『魔法攻撃だ！　この規模は……エンシェントフレアか⁉』

『バカ言うな！　学生がそんな魔法使えるかよ！』

『ぎゃー！　逃げろー！』

『丸焼きは嫌だぁ！』

校舎が大騒ぎになる。

「……………………あれ？」

レントは想定外の事態に戸惑う。

あの的は、相当丈夫なんじゃなかったのか。

ついでに言えば、学園の校舎には防御魔法がかかっていると思っていたが、ひょっとして無防備だったのだろうか。

いや、きっとそうに違いない。

戦争終結から五十年も経っているのだ。必要のない防御魔法なんかは撤去《てっきょ》して、魔力の無駄遣いを抑えたりしているのだ。

だからこそレントの時代遅れの魔法でも、あんなことになってしまった。

そうに違いないとレントが考えているところに、ミリアの呟きが聞こえてきた。

「魔法学園の建物は全部、強力な防御魔法が施されているはずなのに……」

「………………」

推測は間違っていたっぽい。

どういうことだろう。

困惑しているレントに、ディーネとムーノが駆け寄ってくる。

「す、すごいですレントさん！」

「お前すげえなぁ！　本当にCクラスかよ！」

「いやあ……うん……」

なにがどうなっているのかわからず、レントは曖昧《あいまい》な返事しかできない。

ミリアが言う。

「ま、まあでも、レントくんの適性は火属性ってことで間違いなさそうね」

「いいえ」

と言ったのはレントではなくサラだった。

「彼は他の属性も得意です。ぜひ他の属性についても調べてみてください」

「いや、あの、でも一番得意なのは火属性なんだけど」

「防御術式を施された石像を破壊したあの風魔法で得意じゃないとでも？　黒フードを撃退したあの魔法は⁉」

「近い近いって！」

レントは前みたいに詰め寄ってきたサラから逃げる。

「隠すなんて許さないわよ！　あなたの魔法技術は全部見せてもらうんだから！」

ふんっと鼻を鳴らすと、サラはミリアに向き直る。

「ミリア教官！」

「にゃ！　にゃにかしら！」

すごい剣幕でサラに名前を呼ばれて、ミリアは嚙《か》み嚙みで答える。

「適性は満遍なくしっかり調べるべきです！」

「そ、そうね……」

勢いに押されるようにミリアは頷いた。

「……とと、とりあえず、レントくんの適性は、明日新しい的を用意して確かめることにするわ」

というわけで翌日。

昨日より大きくて頑丈《がんじょう》そうな的が用意された。

ちなみに昨日の校舎破壊は、授業中の事故ということで、呼び出されて叱《しか》られることはなかった。

「さあ、ファーラント家の末裔の実力、とくと見せてもらおうかしらっ」

ミリアより先にサラが言ってくる。

ギラギラした目でレントをじっと睨んできてすごく怖い。

（参ったなぁ……）

レントは内心ため息をつく。

どうやら同じ火属性で自分より強力な魔法を放たれたことで、サラの怒りに火がついてしまったらしい。火属性だけに。

レントとしてはそんな意図はなく、自分が得意な魔法を放っただけだったのだが。

とはいえ、自分の得意属性を調べてもらえる機会が与えられたのはありがたい。

「ウォーターショット！」

レントは手を掲げ、水属性・第一位階魔法を放つ。

原因はわからないが、昨日は校舎が壊れてしまった。

一晩寝て、レントは『きっと、たまたま防御魔法の構成が崩れている場所にファイアショットが直撃してしまったのだろう』と結論づけていた。

だから、あんなことは滅多《めった》に起こらないとは思うが、万が一ということもある。

なので昨日よりは威力を抑えた水属性魔法を放った。

小さな水の球が的に向かって飛んでいく。

的にぶつかった水の球が弾けて消える……かと思いきや、一気に水量を増し、巨大な津波となって的をのみこんだ。

「………あれ？」

津波はそのまま背後にあった室内訓練場の壁を破壊し、中に流れ込む。

『うわっ、なんだ⁉』

『魔法攻撃だ！　この規模は……タイダルウェイブか⁉』

『バカ言うな！　学生がそんな魔法使えるかよ！』

『ぎゃー！　逃げろー！』

『ドザエモンは嫌だぁ！』

またしても校舎は大騒ぎになる。

どうもおかしい。

レントは威力を絞《しぼ》って魔法を放っているのに、的にぶつかると拡散してしまう。

ミリアが言う。

「えっと……また的が壊れてしまったので、新しいのを用意するわね」

翌日、さらに大きな的が用意された。
「ウィンドショット！」
風属性・第一位階魔法。
『うわっ、なんだ⁉』
『魔法攻撃だ！　この規模は……タイタニックストームか⁉』
『バカ言うな！　学生がそんな魔法使えるかよ！』
『ぎゃー！　逃げろー！』
『墜落死は嫌だぁ！』

さらに翌日……さらにさらに大きな略。
「ソイルショット！」
地属性・第一位階魔法。
『うわっ、なんだ⁉』
『魔法攻撃だ！　この規模は……ディメンションフリックか⁉』
『バカ言うな！　学生がそんな魔法使えるかよ！』
『ぎゃー！　逃げろー！』

『圧死は嫌だぁ！』

「本当にすごいですね、レントさん……」

「お前……本当にCクラスかよ……」

「二人とも引かないでっ」

褒め言葉が先日よりぎこちないディーネとムーノだった。

ミリアも、サラでさえ、唖然としていた。

「な、なんなの、あなたは……魔力ゼロとか、絶対嘘《うそ》でしょ。空気中の微量魔力でこんな威力の魔法を放てるわけないもの」

「うーん、やっぱりそうなのかなぁ」

レントもさすがに気づきつつあった。

みんなの驚きようといい、魔法が当たった校舎や訓練場の地面の脆さといい、どうも古代魔法が現代魔法に比べてすごく弱いというのは、自分の勘違いなのではないか。

ということは、入学試験の際の魔力測定器の結果が間違っていたということになる。

「あの、ミリア先生。もう一度魔力測定をしてもらうことってできないんでしょうか」

「ワタシも今それを考えていたのよ」

ミリアはレントに向かって言う。

「けど、あの測定器は希少品なの。一年かけて、各国の魔法学園を巡《めぐ》って利用されているわ。次にこの学園に来るのは、だから来年の春になるのよ」

「そうですか……」

ガッカリするレントに、ミリアは笑みを浮かべる。

「レントくんの魔法に関する体質は特殊なのかもしれないわね。校長先生に、代わりの測定方法がないか相談してみるわ」

「お願いします」

「さて、それじゃ、全員の得意属性がわかったところで、次に進みましょうか。サラさんとディーネさんとムーノくんには先に進めてもらっていたけど――」

気を取り直してレントは授業に参加する。

そんな中、サラはギラギラとした目でレントを睨んでいるのだった。

○

今日もCクラスの四人は、ミリア教官のもと、魔法の実践訓練を行っていた。

「ファイアボール！」

「なんの！」

「剣で弾いた⁉」

「ふふふ、地魔法の応用で、刃《やいば》を強化したのさ」

「やるな、だが……ファイアストーム！」

「ソイルウォール！」

魔法が発する轟音が訓練場に響き渡る。

……と、これはＡクラスの訓練風景である。

Ｃクラスはというと、

「「「「…………」」」」

レント、サラ、ディーネ、ムーノの四人は、訓練場の端っこで、じっと立って目を閉じていた。

ミリアが言ってくる。

「魔法の基本は魔力の操作よ。自分の内側、周囲——扱える魔力の濃度や質を正確に感じ取って、思い通りに動かすこと。それが全ての魔法に通じるの」

レントはミリアの言葉を聞きながら、魔力を操作する。

子供のころから、先祖である伝説の魔法使いの書物で学んで、これくらいは簡単にできるのだが、言われたとおりに、魔力を自分の周囲で右回りに回していく。

ずっと独学だったので、自分ではできていると思っていることでも、魔法学園の教官から見たらまだまだだった、ということもあるかもしれないからだ。

「レントくんは問題ないわね。サラさんも完璧だわ」

ミリアは生徒の様子を順番に見ていく。

「ディーネさんは、流れが弱いわ。もう少し自分の身体《からだ》を意識して、そこに沿《そ》わせるつもりで動かしてみて」

「は、はいっ」

「ムーノくんは流れに乱れがあるわね。もっと集中しないと」

「げ、飽《あ》きてるのバレたか……」

二人を指導するミリアを横目に見つつ、レントは隣のサラを盗み見る。

「………なによ」

「いや……なんで俺のほう睨んでくるの？」

「睨んでないわ」

サラは否定するが、明らかに彼女はレントを睨んできていた。

正確にはレントがまとう魔力を睨んでいる。

「本当にすごい魔力を感じる……ゼロとかありえないわ……」

その上なにやらぶつぶつ呟いている。

それだけならまだよいのだが、サラはなぜかレントに張り合ってくるのだ。

レントが魔力の回転を速めるとサラも速め、レントが魔力の放出量を増やすとサラも増やす。

なんか手本にされているみたいで落ち着かない。

「あの、サラ。自分のペースでやったほうがいいんじゃないかな……？」

「それじゃダメよっ」

レントがそう言うと、サラは声を上げる。

「そんなの今までだってやってきたもの。あなたくらい強くなるには、あなたと同じことができるようにならなきゃ無理でしょ」

「俺くらい強く？」

「ええ。黒フードのやつらを追い払ったり、校長先生の石像を壊せるくらいにね」

「………」

黒フードたちはともかく、石像はあまり壊さないほうがいいんじゃないだろうか。

「そういやあの黒フードたちは何者だったんだろう」

「さあ。一応学園と王都の警備兵には知らせておいたわ。なにか企《たくら》んで潜伏《せんぷく》しているならいずれ捕まるでしょう」

王都の警備兵は優秀らしい。

しかしレントは気になる。

彼らはちょっと変わった魔力を持っていた。

学園でこれまで見てきた生徒や教官の魔力のどれとも違っている。

(まさか魔族とか……いや、そんなわけないか)

魔族が人間の土地に、しかも王国の中心部にまで入り込んでいるはずがない。

レントは自分の妄想を追い払う。

「ちょっと！　なによその動き！」

と、サラが声を上げる。

「あ、いけね」

無意識に実家でやっていた魔力の動かし方をしてしまった。魔力をいくつかの流れに分割してそれぞれを別々に動かす。先祖の伝説の魔法使いが推奨《すいしょう》していた訓練方法だ。

「ぐぬぬっ……それくらい私だって」

「ちょっとサラ⁉」

サラもレントの真似《まね》をしようとする。

一瞬彼女の魔力が五つの流れに分割されるが——すぐに混ざり合い、破裂するように周囲に飛び散ってしまった。

その魔力が隣にいたディーネとムーノのほうに飛んでいく。

「ひゃっ⁉」

「うわっ！」

驚いたディーネとムーノは魔力の流れを崩してしまった。

ムーノが不満そうに言ってくる。

「おい、邪魔するなよな。せっかくうまくいってたのに」

「今ので魔力を乱すなんて集中していない証拠よ。あなた、戦場でも敵にそうやって文句を言うつもりなの？」

「なんだとっ」

煽《あお》るようなサラの言葉にムーノは怒りを示す。

が、すぐに肩をすくめるようにして笑う。

「あんたこそレントが気になって集中できてないじゃないか」

「それは……っ」

「立派な騎士様も色恋が絡《から》むと冷静じゃいられないんだなぁ」

そんなムーノの言葉にサラは一気に顔を赤くする。

「そんなんじゃないわよ！」

「どーだかな」

言い合う二人をディーネはオロオロして見回すことしかできない。

サラはムーノからミリアに向き直って言う。

「教官。できない人間に合わせて授業の進行が遅れるのは時間のムダです。こんな基礎中の基礎、私は子供のころからずっとやっています。いまさらわざわざ学ぶようなことではありません」

「で、でもねサラさん。これはCクラスの授業内容として決められたことで……」

「私はCクラスなんかじゃない！」

耐えかねたようにサラは叫んだ。

「サラさん……」

そこで、授業終了の鐘《かね》が鳴った。

サラは逃げるように訓練場から走り去っていった。


レントはサラを追って校舎に向かう。

サラは校舎から、その横にある食堂へ入っていった。

そういえばちょうどお昼の時間である。

魔法学園は食堂も国費で運営されており、生徒は無料で利用することができる。

実家のファーラント家が貧乏で仕送りが少ないレントは助かっている。

サラはビュッフェ形式の食事をよそうと、席についた。

レントも食事をよそい、サラのところへ向かった。

「……なに？」

「相席していいかな」

「……どうぞ」

レントはサラの向かいに座ると、食事を始めつつ問いかける。

「訊いてもいい？」

「………」

「サラはなんでＣクラスに入ったの？　入学式のときに会話してた、シフルが関係してるのかな」

シフル・タンブルウィード――魔法省の長官を代々務めるタンブルウィード伯爵家の三男。

彼がサラに向かって『僕の誘いを断るからこういうことになる』と言っていた。

サラが確かな魔法の実力があるにもかかわらずＣクラスに入ったのには、彼が関係しているようだった。

「……あいつは、私に求婚してきたのよ」

サラは眉間《みけん》にしわを寄せながら言った。

「求婚っていうと、つまり、結婚を申し込むあれ？」

「ほかになにがあるのよ……そうよ。それも初対面でね。明らかに、タンブルウィード家にブライトフレイム家を取り込みたい思惑が透《す》けて見えたわ」

「で、サラはどうしたの？」

「断ったに決まってるでしょ！　あんな偉そうな求婚をされて、受けるバカなんていないわよ。今思い出しても気分が悪いわ」

なんとなく想像はついた。あのプライドの高いシフルだ。さぞ上から目線だったのだろう。

「そうしたら、あのボンボン、魔法学園の幹部に裏から手を回して、面接官にロクでもない質問をさせたのよ」

「ロクでもない質問？」

「『魔法という武力は行政の統制下にあるべきか』」

「？？？」

レントは首をかしげる。

たしかにレントのときはそんな質問はされなかった。訊かれたのは、学園で学んだ魔法技術を将来どんなことに活かしたいかとか、尊敬する魔法使いはいるか、とか、そんな内容だった。

「わからない？　武力っていうのはブライトフレイム家。行政っていうのはタンブルウィード家のことよ」

「へえ……？」

レントはもっと首をかしげる。

「もうっ。あなたって魔法はすごいのに、ほんと常識がないわね」

「なにしろずっと田舎暮らしだったから」

レントは苦笑する。

サラは気が抜けたようにため息をついた。

「なんかあなたを見てると怒る気がなくなるわ。あんなにすごい魔法を使えるのに、なんで本人はこんなななのかしら」

「ごめん……」

「褒めてるのよ」

サラはそう言うが、なんともわかりにくい。

「話を戻すけど、つまりあのバカ息子は、学園を通して私に、面接試験でいい成績を取りたければ自分の嫁になれって脅《おど》してきたのよ」

「ああ……！」

レントはようやくピンときた。

「つまり、武力は統制されるべきだって答えれば、求婚にオッケーしたことになって、面接試験は合格。統制されるべきじゃないって答えれば求婚を断ったことになって、試験は不合格ってわけだね」

「そうよ」

「で、サラはなんて答えたの？」

「行政が腐っているときは魔法でぶっ飛ばすしかないですねって答えたわ」

「……なるほど」

裏の意味がなかったとしても不合格になりそうな答えだった。

「入学試験は、筆記、面接、魔力のどれか一つでもCがあれば、Cクラスに編成されることになっているわ。だから私は……」

「そうだったのか……」

「……私は、どうしても王立魔法騎士団に入りたいの。父や、祖父や、歴代のブライトフレイム家当主のように」

王立魔法騎士団は、マナカン王国の精鋭《せいえい》中の精鋭だ。

「魔法騎士団の入団条件は、魔法学園で卒業時にAクラスであること。私はなんとしてもAクラスに行かなきゃいけないのよ」

その思いがさっきの叫びになったのか。

サラの実力は間違いなくAクラスだ。なのに、シフルの根回しのせいで不当に成績を落とされてしまった。それは悔《くや》しいだろう。

「……情けないのはわかってるわ。うまくいってないからって、教官や、クラスのみんなに当たるなんてね。でも、どうしても焦ってしまって……」

「サラ……」

人当たりは厳しいが、彼女は悪い人ではない。ただ焦ってしまっているだけなのだ。

「Aクラスに行くにはどうすればいいんだっけ？」

レントの問いに、サラは答える。

「一年に一回ある春の試験でAクラスレベルの成績を取るか、定期試験で実力を示すかね」

「春の試験は入学試験と同じ？」

「そう。だから、また面接でタンブルウィード家の妨害が入るかもしれない」

「ってことは、定期試験でがんばるしかないか」

「定期試験はクラスのメンバーが協力して受ける形よ。Cクラスは人数が少ないからたぶん全員で受けることになるわ」

「どんな内容かはわからないの？」

「いつも校長が適当に決めるらしいわ」

それでは対策の立てようがない。ディーネとムーノはまだ魔法を上手に扱えない状態だし、合格は難しいかもしれない。

「でも最初の定期試験は八月よ。まだ四ヶ月あるんだから、それまでになんとか……」

「そうだね。俺も手伝えることがあったら協力するよ」

「じゃあどうすればあんな魔法を使えるのか、秘訣《ひけつ》を教えてほしいわ」

「まあ、俺が普段やってる訓練方法とかなら」

べつに秘伝というわけでもなんでもない。

レントはふと思いついて続ける。

「そうだ。俺からもお願いがあるんだけど」

「なに？」

「俺が魔法を教える代わりに、常識を教えてくれないかな。王都で過ごす上で必要なこととか、有名な貴族のこととか」

「ああ……そうね。なにしろあなた、ブライトフレイム家のことも知らなかったくらいだものね」

サラはクスッと笑みを浮かべながら頷く。

「ええ、いいわ。じゃあ契約は成立ね。よろしく、レント・ファーラント」

「よろしく、サラ」

彼女が差し出してきた手を、レントは握《にぎ》る。

「ありがとう。いろいろ話せてスッキリしたわ」

彼女の笑顔はなかなか素敵だった。


同じころ、王立魔法学園の校舎の一角にある校長室を、ミリア教官が訪れていた。

「どうじゃ、Cクラスの様子は？」

そう尋ねるのはこの学園の校長であるルナ・リバロ。

現代の魔導の最高峰と言われる、百歳を超えなお現役の魔法使いである。

「はい。みんな、がんばってます」

「なんじゃ。元気がないのう」

「わかりますか……」

「当たり前じゃ。お主《ぬし》のことは子供のときから見ておるのじゃからな」

ミリアは幼いころに両親を亡くし、ルナに引き取られた。

以来この学園で魔法を学び、そのまま教官として働いている。

彼女にとっては校長は、魔法の師匠であると同時に、実の親のような存在だった。

「ディーネさんとムーノくんはそれなりに訓練を進められています。が、ちょっと進みが遅いですね。その原因は……」

「実力の高すぎる者が近くにいて集中できていないのじゃろう」

「はい……」

本来ならAクラスに入れる実力があるにもかかわらず、タンブルウィード家の横槍《よこやり》でCクラスに入ってしまったサラ・ブライトフレイム。

そして魔力ゼロの判定でCクラスに入ったのに、ありえない威力の魔法を使えるレント・ファーラント。

「だから入学試験の方式を変えろと何度も言っているのにな……」

今年ほど極端ではないが、Cクラスの授業では毎年同じような問題が発生している。

今の試験方式は、実力があっても教養の低い者や、タンブルウィード家のような有力者にとって邪魔な者をエリートコースから排除《はいじょ》するための道具になってしまっている。

試験の方式を変えるのにも、タンブルウィード家を筆頭として、魔法関連の行政に携《たずさ》わっている有力貴族の許可が必要だ。

抗魔戦争と呼ばれる魔族との戦争終結から五十年が経ち、魔法は各国の国政に大きく関わると同時に、行政の権限が大きくなり、各貴族の利権が絡まりあって、不合理な制度が生まれてしまっている。

武の名門であるブライトフレイム家より、行政官であるタンブルウィード家の発言権が大きくなっているのがその証拠である。

魔導の最高峰と言われるルナ校長でも、学園を自由に運営することは難しかった。

「このままでは、四人とも可哀想《かわいそう》です」

ミリアは落ち込んだ様子で呟く。

せっかく魔法学園に入学したのに、実力を伸ばすことも、発揮《はっき》することもできずに埋《う》もれてしまう。

「当然じゃ。それに、レント・ファーラント……あの伝説の大魔法使い、グラン・ファーラントの末裔。魔力測定の結果がゼロという話じゃったな」

「はい……測定器では全ての数値がゼロだったと」

「にもかかわらず、あの極大魔法クラスの魔力放出量……もしかしたら」

「あの、校長？」

なにか考え込んでぶつぶつと呟き始めた校長に、ミリアは呼びかける。

校長は顔を上げて告げた。

「これは、ちょっと刺激を与えてやる必要があるかもしれんな」

「刺激ですか？」

「うむ。定期試験をＣクラスだけ早めに行うのじゃ。試験会場の手配の都合とか適当に理由をつけて。それくらいなら魔法省からも文句は出まい」

「はあ……でも、どんな試験を？」

校長は試験の内容を話す。

ミリアはそれを聞いて目を丸くする。

「あの……それはちょっと、危険ではありませんか？」

「なあに、死にはせんじゃろ。当日は儂《わし》も監督しよう。それならば心配あるまい」

ルナ校長は治癒魔法《ちゆまほう》の使い手でもある。

「わかりました……」

ミリアは頷くが、それでも不安な表情は隠せなかった。

第2話 Cクラスだけど実力は隠せません

E, MINNA KODAIMAHO TSUKAENAINO!!??

「突然だけど、今日は定期試験を行うわ」

次の日、レントたちCクラスのメンバーがいつものように訓練場に集合すると、ミリアがそう言った。

「あの、最初の定期試験って八月じゃありませんでしたっけ」

レントが問うと、ミリアは困り顔で頷《うなず》く。

「本来はね。今回は試験会場の使用状況がアレでソレなものだから、急遽《きゅうきょ》早めたというかなんというか」

「なんですか、アレでソレって……？」

レントはさらに問うが、ミリアは目を泳がせて答えられない。

サラが呼びかける。

「ミリア教官」

「ななな、なにかしら？　べつに隠し事なんかしてないわよ！」

「まだなにも言ってません」

「あ、そそそ、そう？」

怪《あや》しすぎる態度だったが、サラはひとまず無視して言葉を続ける。

「予定を早めるのはともかく、予告もないなんて突然すぎます。これでは対策も立てられません。私たちを上位クラスに上げないための嫌がらせですか？」

「ち、違うわよっ！　むしろ逆よ。今年のCクラスは特殊だと考え、ルナ校長がこの試験を提案されたの。ちなみに、今回とはべつに、少し遅らせて九月にも定期試験を行う予定よ」

「校長先生が……」

当代最高峰の魔法使いである校長が、Cクラスは特殊だと考えているというのは、どういうことなんだろう、とレントは疑問に思う。

「校長が待っているので、試験場に移動するわよ」

ミリアがそう告げ、Cクラスのメンバーは彼女についていく。

やってきたのは、学園の敷地の外れにある遺跡だった。

八百年前の魔王討伐戦争の時代よりさらに古いもので、その地下にはダンジョンが広がっている。

「誰もいませんけど」

「変ね……校長？　来ましたよ、校長ー？」

ミリアが呼びかけるが、誰も返事をしない。

「先生、なんか落ちてるぜ」

ムーノが紙を拾い上げる。そこには文字が書いてあった。


試験は簡単！　四人でダンジョンを探索し、儂《わし》が置いてきた五つのメダルをゲットしてくるのじゃ！　儂は陰《かげ》ながら見守っておるぞ。
P.S.ヌメヌメに気をつけろ！
ルナ・リバロ校長♡

「……校長先生ってたしか百歳超えてるバアさんだよな……？」

ムーノが嫌そうに言ってハートマークから顔を遠ざける。

「そんなことより、ヌメヌメってなにかしら？」

サラが真面目《まじめ》な顔で呟《つぶや》く。

「……ひょっとして、怖いモンスターとかですか……？」

ディーネが不安そうに言って、ミリアを見る。

「安心して。危険なモンスターがいないことは確認したし、書いてあるとおり校長が見守ってくれている（はず）。ヌメヌメがなにかはワタシも知らないけど、校長が設置したトラップかなにかだと思うから危険はない（はず）」

「今はずって言いませんでした？」

「ヌメヌメのトラップってなんだよ……」

レントとムーノがツッコミを入れ、ディーネは不安な顔を隠せないが、サラだけは乗り気なようだった。

「文句を言っても仕方ないわ。さっさと始めましょう」

サラが先頭に立って四人は遺跡の入り口に踏み入った。

教え子たちをミリアは不安そうな表情で見送る。


「ファイアボール」

サラが火属性魔法を発動させる。それを携帯型のランタンに入れると、ダンジョン内を照らした。

ランタンには空気中の微量魔力を吸い込む術式が組み込まれており、一度発動したファイアボールを長時間持続させることができる。

「あ、いいなぁそれ。オレも使いたいんだけど」

「予備はないわ。高いんだから」

ムーノの言葉にサラは冷たく言い放つ。

そしてランタンをディーネに渡す。

「え……？」

「私はなにかあったときに手を空《あ》けておきたいから、あなたが持ってて」

「あ、はいっ！」

「なんでオレじゃないんだよ」

「あなたはうっかり落として壊したりしそうだから」

ブーブー文句を言うムーノ。

けっきょくサラが先頭、その次にランタンを持つディーネが続き、ムーノ、最後尾はレントという並びで、ダンジョンを進んでいく。

あまり複雑な構造のダンジョンではなく、基本的に道は一本である。ときどきある分岐も片方はすぐに行き止まりになっているので、迷うことはなかった。

「く、暗いですね……」

ディーネが怯《おび》えたような声を上げる。

「ダンジョンなんだから当たり前でしょ。それよりちゃんと照らしてちょうだい」

「は、はい、ごめんなさいっ」

サラに言われランタンを掲《かか》げるディーネ。

その明かりに天井近くが照らされる。

そこに大きな蜘蛛《くも》の巣があった。

「きゃあ！」

悲鳴を上げたのはディーネ……ではなくサラだった。

彼女は一気に最後尾まで逃げ、思わずレントに飛びつく。

「ちょ、ちょっとサラ⁉」

「く、くくく蜘蛛っ！」

ブルブルブルッと震《ふる》えながら怯えるサラ。

「ダンジョンなんだから蜘蛛くらいいるだろ」

ムーノがニヤニヤと言ってくる。

「ひょっとしてお嬢様は蜘蛛が怖いのか？」

「ばばばばバカ言わないで！　王国騎士に怖いものなんてあるはずないじゃない！」

「あ！　足元に蜘蛛の群《む》れが！」

「きゃあああ！」

悲鳴を上げてレントの身体《からだ》によじ登るサラを見て、ムーノは腹を抱《かか》えて笑う。

「もう、やめましょうよムーノさん……」

ディーネが言うと、ようやくムーノは落ち着いた。

「はっはっは、面白《おもしれ》え」

それでもまだ笑いながらムーノはサラの代わりに先頭に立って歩き始める。

そんなムーノを睨《にら》んでいたサラだが、

「あのサラ……」

「っ！　ご、ごめんなさいっ」

レントに言われ、慌《あわ》てて彼から離れた。

「意外だね。サラにも苦手なものがあるんだ」

「蜘蛛だけはダメなのよ……子供のころに蜘蛛の群れに取りつかれたことがあって」

サラはブルブルッと身を震わせ、レントの陰に自分の身を隠すようにして、蜘蛛の巣から遠回りしていった。

そのあとはしばらく何事もなく、レントたちは道を進む。

「しかしこんな場所でメダルなんて見つけられるのか？　宝箱とかに入ってるならまだしもさ」

「たしかに、かなり薄暗いし、どこかに隠してあったりしたら、絶対に見逃しちゃうよね」

「あの……あそこにメダルが」

「ええ⁉」

見れば、上で寝そべれそうなくらいでかい金色の円盤が落ちていた。

「あれ……だな」

「あれだね」

「あれですね」

「あれね」

たしかにあのサイズなら見逃すはずはないだろう。

「よっしゃ、一個目ゲットー！」

「ムーノ、危ない！」

メダルに向かって駆け出したムーノに、レントは慌てて呼びかける。

しかし、一歩遅かった。

「え？　……ブヘッ！」

上からなにかがムーノに降りかかる。

「うわっ、なんだこれ、ヌメヌメするぞっ！」

ムーノは身体に張りついたそれをとろうとするがなかなか剝《は》がれない。

「スライムかしら？」

「それにしては動きが鈍《にぶ》いし、崩れすぎな気がする……」

スライムは空気中の微量魔力が凝縮《ぎょうしゅく》して生まれるモンスターだ。レントの実家があるクォーマヤ地方の山にも、ときどき発生していた。

そのスライムはもっと形を保《たも》っていた。ムーノを襲ったこいつは、スライムにしては緩《ゆる》すぎる。

「校長先生の言っていたヌメヌメはこれのことでしょうか？」

「そうみたいね。なんて悪趣味……きゃっ！」

サラが悲鳴を上げる。

ムーノに絡みついていたヌメヌメの一部が急にサラに向かって飛んできたのだ。

「このっ……ファイアショッ──」

「待て待て待て！　オレを焼き殺す気か！」

思い切りサラの魔法の射線上にいたムーノが叫ぶ。

「焼かれたくないならさっさとどきなさいっ！」

「ムチャ言うな！　滑って動けないんだよ！」

「ああもうっ、なんなのよこの試験！　バカじゃないの──きゃあ！」

「くそっ、ふざけんなよババア──うぼぼぼぼっ⁉」

ヌメヌメはサラの服の中にまで潜《もぐ》り込《こ》み、ムーノの顔にびしびしぶち当たる。

二人の扱いが違うのは気のせいだろうか。あと、校長に文句を言っている相手を積極的に狙《ねら》っていないだろうか、このヌメヌメ。

「どどど、どうしましょう、レントさんっ！」

「えっと……」

レントは故郷の山でスライム退治をしたときのことを思い出す。

「そうだっ！　サラ、ムーノ！　二人とも魔力を放出させて！　身体の周りにまとわせるんだ！」

スライムは魔力でできているが、その魔力は人間が有するのとは種類が違う。スライムは異質な魔力からは距離を置こうとするのだ。

「わかったわっ！」

「よしっ！」

サラとムーノが魔力を練り上げ、それを身体の周りにまとわせると、ヌメヌメは二人から離れていった。

「ふぅ……ひどい目に遭《あ》ったぜ」

「むやみに突っ込んでいった誰かさんのおかげでね」

「なんだよ。オレが悪いって言いたいのか？」

「あら、自覚があるのね。その程度の知性は持ち合わせていたなんて驚きだわ」

「んだとぉ！」

言い争いを始める二人をレントは止める。

「まあまあ。メダルは手に入れたんだし、結果オーライじゃないかな」

「けど……このメダル、どうやって持ち運びます？　あと四つもあるんですよね」

「そうね……場所を憶《おぼ》えておいて、最後に回収するべきかしら。幸いほぼ一本道だし、見失うことはないと思うわ」

というわけで、メダルを道の端に置き、レントたちは先へ進むことにした。


その後もダンジョンは同じような一本道が続きつつ、少しずつ地下へ降りていった。

メダルは二枚目以降も、巨大なものが道の真ん中に落ちており、見つけるのは難しくなかった。

ただ、必ず『ヌメヌメ』のトラップがあって、しかもそれはだんだん手の込んだものになっていった。

「よし、今度は引っかからないぜ――あばばばば！」

上をチェックしてからメダルに近づいたムーノに、地面から噴き上がったヌメヌメが襲いかかる。

「バカね。初めから魔力をまとわせておけば、嫌がって近づいてこないじゃない――きゃああ！」

サラが魔力をまとったとたん、逆に魔力を吸うドレイン能力を持ったヌメヌメが襲いかかってきた。

「あ、あの、最初はメダルを無視して通り過ぎればいいんじゃないでしょうか……ひゃああああ⁉」

メダルを避《さ》けて通り過ぎようとしたディーネはうすーく張られたヌメヌメの壁にぶつかってしまった。

「くそっ……今度のはなんだ！」

レントも何度もヌメヌメに足をとられて転んだり、身体中ヌメヌメにされたりした。

そうして、五枚目のメダルに辿《たど》り着《つ》くころには、四人全員がヌメヌメになっていた。

「ああ、もうっ、気持ち悪い！」

「お風呂に入りたいです……」

「なんなんだよ、この試験……」

「疲れたね……」

四人ともとにかくヌメヌメしながらため息をつく。

疲労感はヌメヌメのせいだけではなく、ヌメヌメを除《よ》けるために魔力をたくさん操作したせいだろう。

「とにかくこのメダルで五枚目だ。これ持って引き返そうぜ」

ムーノがそう言ってメダルを持ち上げる。

「ムーノ、危ない！」

「ああ？　もういいよ。どうせこれ以上ヌメヌメしたって大して変わらないし――」

「違うわよバカ！　地面が……！」

「え？　――うわあああ！」

四人の足元の地面が突然崩れたのだ。

ガラガラと音を立てて、四人はダンジョンの下層に落下していく。

「ウィンドパウンド！」

レントはとっさに風魔法を展開する。

四人の下に空気でできたクッションが出現し、柔らかく受け止めた。

「みんな、大丈夫？」

「ああ、なんとか……」

「今度はなんでしょう？　これも試験なんでしょうか？」

「……いやあああああああ！」

突然、サラが凄《すさ》まじい悲鳴を上げた。

驚いて目を向ければ、そこには巨大な蜘蛛型のモンスターが大量に群がっていた。

「く、くくくく、蜘蛛おおおおお！」

蜘蛛モンスターたちがガチガチと牙を打ち鳴らす。

サラとムーノとディーネは一目散に駆け出した。

レントだけはその場に残る。

「レント⁉　なにしてるの！」

「俺はここで足止めする！　みんなは逃げて！」

「そんなことできるわけ――」

「大丈夫だから！　サラは二人を頼む！」

「っ！」

レントの言葉にサラは悔《くや》しそうに頷いた。

三人が離れていくのを見送って、レントはモンスターたちに向き直る。

膨大《ぼうだい》な魔力だ。しかも強い怒りを感じる。さっきまでのヌメヌメとは全然違う。

たぶんこいつらは、校長が用意した試験用のトラップではない。

おそらく校長ですら不測の事態だろう。

（見守ってくれているはずの校長先生が現れないのが気になるけど……）

なんにせよ本気でかからないとマズい相手だ。

レントは魔力を練り上げる。

一気に倒す。とはいえ、攻撃範囲が広すぎるとダンジョンが崩落《ほうらく》してしまう。

（だったら、これか……！）

「──ダークアブソーブ！」

闇属性・第七位階魔法。

暗黒を生み出し、物体をその中に閉じ込め消失させる魔法だ。

暗いダンジョンの中に、なお暗い闇の球体が出現し、蜘蛛モンスターたちがそこにのみこまれていく。

球体が消えると、そこには初めからなにもなかったかのようだった。

「ふぅ……」

レントは息をつく、が。

「きゃあああああ！」

遠くからふたたびサラの悲鳴が聞こえた。

レントは慌てて三人のところへ向かう。

レントを置いて駆けるサラ、ディーネ、ムーノの前に、新たに蜘蛛モンスターが立ちはだかった。

「きゃあああああ！」

サラは思わず悲鳴を上げる。

（こ、こいつらはケイヴスパイダー……表面は硬《かた》い殻《から》で守られているけど、中身は火に弱い。ファイアジャベリンで貫《つらぬ》けば倒せるはず……！）

頭ではそんなふうに対応策が浮かぶが、身体に大量の蜘蛛が取りついているような感覚に襲われて、身体が動いてくれない。

魔力も乱れてしまい、魔法を発動することができない。

「おい！　なにしてるんだお嬢様！　逃げるんだよ！」

ムーノが叫んでいるが、サラは判断を下せない。

逃げるにしても洞窟は一本道だ。引き返したところでさっきのやつらとで挟《はさ》み撃《う》ちにされるだけだ。

（私が倒さないと……！）

それはわかっているのに身体が言うことを聞いてくれない。

蜘蛛モンスターは牙をガチガチと鳴らしながら迫ってくる。

「きゃあ！」

ディーネが悲鳴を上げた。

蜘蛛の一体が天井に移動し、糸を吐き出して彼女を搦《から》め捕《と》っている。

彼女はあっという間に拘束《こうそく》され、吊《つ》り上《あ》げられてしまう。

「くそっ！」

ムーノがジャンプして彼女を助けようとするが届かない。

ディーネは蜘蛛の牙へと連れていかれる。

「いやあああああっ！」

「ディーネ！」

サラは立ち上がった。

(なにをしているのよ、私は……！)

レントはサラに『二人を頼む』と言った。

もちろんサラが蜘蛛を苦手なことを知って足止めを引き受けたという理由もあるだろうけど、それでも二人を守る役目を信頼して任せてくれたことには違いない。

それに応えられないなんて、騎士の名折れだ。

(そんなの……情けないじゃない！)

一気に身体が動く。

同時に、自然と魔力が手のひらへと集中していく。

「──ファイアジャベリン！」

サラの手から無数の炎の槍《やり》が出現し、天井の蜘蛛に向かって飛んでいく。

蜘蛛は奇声を発しながら身をよじった。

糸が切れて、ディーネが落ちてくる。

ムーノがそれを受け止めた。

次の瞬間には、サラの意識にはふたたび恐怖が戻ってきて、彼女は動けなくなってしまった。

「おい！　なにしてるんだお嬢様！」

ムーノの言葉に目を向ければ、残っていた蜘蛛モンスターが間近に迫っていた。

無数の目がサラを睨み、巨大な牙が目の前で音を立てている。

「あ、ああ……」

もはや悲鳴を上げる気力さえ湧《わ》かなかった。

まともに魔法が使えれば勝てる相手なのに、情けないにもほどがある。

（こんなところで死ぬの、私……？）

悔しさからか、恐怖からか、目から涙が溢《あふ》れる。

「──ファイアジャベリン！」

レントの声が響き、サラの頭上を炎の槍が飛んだ。

大量の槍がザクザクと蜘蛛モンスターに突き刺さり、その身体を内側から焼いて燃え上がらせる。

「サラ！」

「レント⁉」

レントがサラをかばうように蜘蛛モンスターの前に立ちはだかる。

生き残った蜘蛛たちが怒りに牙を激しく打ち鳴らす。

だが、レントは反撃の隙《すき》を与えない。

「ファイアジャベリン！」

さらに大量の炎の槍を生み出し、蜘蛛モンスターの群れに撃ち放つ。

一体も逃すことなく、蜘蛛は串刺《くしざ》しになった。

「レント……」

「ごめん、遅くなった」

「………」

まるで物語の中の騎士のような登場だ。

恐怖に震える手をごまかすようにレントの服をつかみ、そのまま抱きつきそうになっ

たところで、

「おいおい、なんかヤバくねえか？」

ディーネの蜘蛛の糸を解《ほど》いていたムーノが言う。

見れば、ファイアジャベリンに串刺しにされた蜘蛛たちの硬殻が赤熱しながら膨《ふく》れ上《あ》がっている。

今にも爆発を起こしそうな様子である。

「レント、あなた……どれだけ高温のファイアジャベリンを放ったのよ！」

「ええ……いや、普通に撃っただけだけど」

「普通のファイアジャベリンは敵を高温に熱したりしないわよ！」

「口喧嘩《くちげんか》はあとにしろ！　逃げるぞ！」

ムーノが叫び、四人はいっせいに走り出した。

蜘蛛モンスターは次々と爆発し、ダンジョンを吹っ飛ばした。

結果、遺跡の中央に、巨大な円形の大穴が発生することになった。

「…………ふー、危なかった」

瓦礫《がれき》の中からレントたちが姿を現す。レントがウィンドウォールで蜘蛛の爆発と降《ふ》り注《そそ》ぐ瓦礫を防いだので、全員無事である。

「ひっでえな。魔王でも襲ってきたみたいだぜ」

ムーノが呆《あき》れた声で言う。

「こ、これって、試験はどうなるんでしょうか？」

ディーネが不安そうに言う。

「条件をクリアできなかったんだから不合格でしょうね」

メダルは瓦礫の下に埋《う》まっている。今日中に見つけ出すのは不可能だろう。もしかしたら原型をとどめてすらいないかもしれない。

「ごめん。俺の魔法のせいで……」

レントが謝ると、サラは小さく息をついた。

「謝らないでよ。あなたが助けてくれなかったら、私は死んでいたわ。ありがとう、レント」

「サラ……」

ぺこりと頭を下げるサラにレントは戸惑《とまど》う。

そこにディーネが声をかける。

「あ、あの、わたしもっ！　わたしもサラさんがいなかったら危なかったです！　ありがとうございます！　まるで騎士団の騎士みたいにカッコよかったです」

「っ！」

ディーネの言葉にサラは息をのむ。

「あれ？　サラがディーネを助けたの？」

レントの問いにムーノが答える。

「そーそー。ディーネを助けるときだけはめっちゃ早かったよな」

「へえ」

ムーノはサラに向かって頭を下げた。

「悪かったよ、からかったりして。苦手なもんがあっても、いざというときに動けるのはすごいと思うぜ」

そうだ。あのときだけは恐怖など吹き飛んでいた。

助けなきゃという思いと、レントから受けた信頼がサラを動かしていた。

たとえ、卑怯な手で貶《おとし》められようと。

目指すべき場所への歩みが少し遅れていようと。

自分の心には騎士の誇《ほこ》りが、こうして確かにある。

サラはそれに気づくことができた。

「どうしたの、サラ？　なんか嬉《うれ》しそうだけど」

「べ、べつにっ！　試験に落ちたのに嬉しいわけないでしょ」

レントに言われて、サラは慌てて顔を背けた。

そこへ、ミリアが駆けつけてきた。

「みんなー！　だいじょうぶーっ⁉」

四人は彼女に向かって手を振る。

ミリアはホッとしたように笑みを浮かべ――直後、瓦礫に足をとられてすっ転んだ。


その日の夜、ミリアはふたたび校長室を訪れていた。

「やっぱり不合格ですか……」

しょんぼりした声で言うミリア。

ルナ校長も残念そうに頷く。

「ああ。メダルを五枚集めたら合格、という形で申請を出してしまっていたからな。不測の事態があっても、それは変えられん」

「不測の事態……爆発のことですか？」

「違う違う。蜘蛛型モンスターどものことじゃよ」

ミリアは目を見開く。

「あれは、校長が用意したものじゃなかったんですか？」

「儂が用意したのは人造スライムだけじゃ。あの蜘蛛どもは、昨夜のうちにどこぞから湧き出しよったんじゃ。その前に、儂が危険がないことを確認したにもかかわらず、な」

「そんな……王都の近郊にどうしてモンスターが……」

「さて……サラ・ブライトフレイムから報告があった、黒フードの怪しい人物というのも気になるところじゃ」

彼女によれば、そいつらは見たこともない魔法を使ったという。そして、レント・ファーラントが同じように、見たこともない魔法を使って撃退したらしい。

「なにかが起ころうとしておるのかもしれんな……」

思わせぶりな校長の言葉に、沈黙が生まれる。

ルナ校長は気を取り直すように言う。

「それはそうと、不合格ではあったが、いろいろと収穫はあったようじゃの」

「え、そうですか？」

「もちろんじゃ。きっとこれからCクラスは大きく化けるぞ」

くっくっく、とまるで魔女のように笑うルナ。

「あの小僧……レント・ファーラント。魔力ゼロだなんてとんでもないな……すごい逸材じゃぞ、あれは……」

○

定期試験の日から、Cクラスの実技のスタイルが変わった。

ミリアがレントとサラの魔法技術を見て、レントとサラはムーノとディーネの魔法技術を見ることになったのだ。

こうすれば、ミリアはレントとサラのレベルに合わせて教えられるし、ムーノとディーネを教えることで、二人はより技術を自分のものにすることができる。

ついでに言えば……レントとサラの教え方は、ミリアには真似できないものだった。

「こうか？」

ムーノが魔力を身体にまとわせる。

「もうちょっと外側に弾く感じで。ほら、二番目のヌメヌメを防ぐイメージだよ」

レントがそう言うと、ムーノは即座に理解した。

「おお、あれだな」

「そうそう、うまいうまい」

「こ、こうでしょうか？」

ディーネが魔力を手のひらに集中させる。

「もっと分厚くするのよ。ほら、三番目のヌメヌメを弾き飛ばすイメージで」

サラがそう言うと、ディーネは一瞬で理解した。

「ああ、あれですね」

「そうそう、上手上手」


そんな様子を眺《なが》めて、ミリアは困惑気味に首をかしげる。

「ヌメヌメってなに……なんでそれで理解できるのかしら……？」

ちょっと自分の指導力に自信をなくすミリアだった。


「じゃあ次は、その魔力で土を動かしてみよう」

「おお！　魔法っぽくなってきたな！」

レントの言葉にムーノは楽しそうに声を上げる。

「魔力の操作と違って、魔法の発動は術式を展開する必要があるんだ。初めは実際に文字を書いて感覚をつかむのがいいと思う」

「あー……」

と、今度は急にテンションを下げるムーノ。

「どうかした？」

「実はオレ、文字が使えないんだよ」

「そうなの？」

べつに珍しいことではない。

他国に比べて教育が進んでいるこのマナカン王国でも、文字を扱えるのは貴族と、商売に文字が必要な商人くらいである。

ただ、この魔法学園に通う生徒が文字を使えないというのは意外だった。

「っていうか、ムーノ。授業中普通にノートとってなかった？」

「あれは図で描いてるからな」

そう言ってムーノは、授業の板書をした紙を持ってくる。

そこには、見ただけで目が回りそうな、子供の落書きみたいな絵が描かれてあった。

「えっと、これは……？」

「さっきの授業の内容じゃん。地水火風の四属性の大陸における濃度分布で、ここが魔族領。北ほど風と水が強まり、南ほど地と火属性が強いんだろ。けど、ここのキエラ火山と、こっちの氷瀑海《ひょうばくかい》と、このドラゴン領とトリート砂漠で対流が発生してバランスが——」

自分が描いた図を指差しながら説明するムーノの話の中身は完璧だった。

授業の内容をしっかりと理解している。

「ムーノ、実はめちゃくちゃ頭いい？」

「ああ？　そんなことねーよ。オレ、孤児院にいたから、ちゃんとした勉強なんてしたことねーし。筆記試験だって白紙で出したから0点だったんだぜ」

筆記試験の回答は全部、文字で答えるものなので、それは仕方ないだろう。

この魔法学園の入学試験は、筆記、面接、魔力値のどれか一つでもC判定であれば、Cクラスへの入学となる。

ムーノは筆記試験の結果このクラスに来ることになったのかもしれない。

「そうか……。ねえムーノ。魔法を扱うには文字を書けるようにならないといけない。まずは文字の勉強をしよう」

「えー……」

すごく嫌そうな顔をするムーノ。

「マジかよ……魔法って魔法の勉強だけすればいいんじゃなかったのか……」

「うん。魔法を理解するってことは、この世界の仕組みを理解するってことだから。さっきの授業だって、この大陸の地理の話だったでしょ」

「たしかに……」

授業でそういう話をしっかりされたわけではないが、レントの先祖である伝説の大魔法使いが書いた書物にはそう書かれていた。

古代魔法の第一から第九までの位階。それぞれの位階に到達するということは、この世界を見る新たな視点を得るということであり、魔導の極《きわ》みに到達するということは、世界の全てを理解するということだと。

「わかった……オレ、文字の勉強するわ」

「その意気だよムーノ！」

二人が頷き合った、その瞬間。

「きゃあああ！　二人とも避《よ》けてくださーい！」

ディーネの悲鳴が聞こえてきた。

二人が反応するより早く大量の水が虚空《こくう》から出現し、滝のように二人に降り注いだ。

どばっしゃーん！　と派手な音が響いて、訓練場が水浸しになった。

レントとムーノだけでなく、ミリアやサラ、それに水属性魔法を発動させたディーネ自身も水浸しになってしまった。

「……ディーネ」

「ご、ごめんなさいごめんなさい！」

ぽたぽたと水を垂《た》らしながら呟くサラに、ディーネはひたすら頭を下げる。

「だから魔力をいったん止めてから術式を組み立てるよう言ったのよ」

「すみません……うまく引っ込めることができなくて……」

しょんぼりとうなだれるディーネ。

ミリアも水を滴《したた》らせながら言う。

「うんうん。でも、初めてでここまでできるのはすごいわ」

「冗談ではありません。水魔法だからずぶ濡れになるだけで済《す》みましたけど、これがほかの属性の魔法だったらどうなってたことか」

「う、そうね……」

サラに叱《しか》られてミリアまでしょんぼりしてしまう。

なんとなく空気が重くなってしまったところに、ふとあっけらかんとした声がした。

「おー、やっておるな」

見れば、十歳くらいの外見の女の子がテコテコとレントたちのほうへ歩いてくる。

「順調のようじゃの、ミリア」

「なんだこのガキ、偉そうに。どこから潜り込んだんだよ——ぎゃああ⁉」

ムーノが襟首《えりくび》をひっつかもうとするのをさらりと避けて、女の子はムーノの腹に手のひらを当てた。

その瞬間発動した魔法でムーノは吹っ飛ばされ、地面をゴロゴロと転がっていく。

「失礼なやつじゃの。人をババアと呼んだりガキと呼んだり」

「ば、ババアなんて呼んでねえぞ……」

「呼んだじゃろ。この前、定期試験のときに、遺跡で」

女の子の言葉にレントは目を丸くする。

ムーノがそのとき『ババア』と呼んだ相手は一人しかいない。

「まさか……校長先生⁉」

レントの言葉に、女の子はニヤリと笑った。

「そうじゃ。儂がこの魔法学園の校長、ルナ・リバロじゃよ」

四人は目を丸くする。

「校長先生って、たしか百十歳を超えてるんじゃ……うわっ！」

呟いたレントの顔の目の前で水の雫《しずく》が弾ける。

「レディに歳の話をするもんじゃないぞ」

「す、すみません……」

ニタリ、と子供らしからぬ笑みを浮かべると、ルナ校長はミリアに向き直った。

「で、どうじゃ。お前から見てCクラスの成長は」

「あ、はい。皆さん、どんどん成長してますよ。この前の試験のあとから、サラさんも打ち解けてくれて」

「……っ」

照れたように顔を背けるサラ。

「ディーネさんとムーノくんは魔力の扱いが格段にうまくなりました」

「そうじゃろうそうじゃろう。いろんな種類のヌメヌメを用意した甲斐《かい》があったな」

「あれ、やっぱりそういう目的だったんですか」

レントは呟く。

どうもあのときの経験をもとに説明すると、話がスムーズに進むと思っていたのだ。

「当然じゃ。若い娘をヌメヌメにして楽しんでいたわけではないのじゃぞ」

「…………」

「悪口を言われたから嫌がらせで重点的にヌメヌメをぶつけたわけでもないのじゃぞ」

「…………」

だんだん説得力がなくなっていく。

「あー、そんなことよりだな、レント・ファーラント」

ごまかすように校長はレントを呼ぶ。

「はい？」

「ふむ……」

と、レントを見て校長は目を細める。

「見たところ、魔力の質に違和感はないのう。しかし、思ったとおりゼロではない……これはやはり……」

「あの、校長先生？」

「ちょっと儂に向かって魔法を放ってみろ」

自分の顔を指差すルナ校長。

「はあ……」

レントはわけがわからないまま、構える。

「どの属性の魔法がいいですか？」

「四属性ならなんでもよいが、全力でこい。儂も全力でガードするから手加減されるほうが危険じゃ」

「わかりました」

現代の魔導の最高峰と言われるルナ・リバロ相手に、自分の魔法が通用するわけがない、とレントは思う。なので、言われたとおり全力を出すことにする。

「じゃあいきます――アクアスプラッシュ！」

水属性・第六位階魔法。

第七位階以上は闇魔法と光魔法しか存在しないので、四属性の中では最高位の魔法となる。

無数の水の弾丸が発生し、レントの視界を埋《う》め尽《つ》くす。

「っ！　グランドウォール！」

校長の目の前に、地面から巨大な壁が迫《せ》り上《あ》がる。

レントが放った水の弾丸が、その壁に激突した。

激しい音が訓練場中に響き渡る。

弾丸が壁を穿《うが》ちボロボロと崩していくが、勢いを減衰《げんすい》され校長の足元に落ちていく。

「ふう……」

全ての攻撃を受けきった校長は、息をつく。

魔法の土壁が崩れる。レントと校長の間の地面はめちゃくちゃになっていた。

「すごい……」

ディーネが思わずといった様子で呟く。

「レントもすごいけど、それを受けきる校長も、やっぱすごいんだな」

見た目で侮《あなど》っていたムーノも、感心したように呻《うめ》いた。

ミリアとサラの反応はやや違った。

「ルナ校長と同じ特殊な魔法……？」

ミリアの驚きはレントに向けられており、彼が使った魔法の特異性に驚いていた。

「アクアスプラッシュ？　グランドウォール？　そんな魔法聞いたことないわ……」

サラも同様で、二人が放った魔法の種類に疑問の表情だ。

そして、その驚きはレントも抱いていた。

「校長先生……今の魔法って」

「ふっふっふ、そうじゃ。地属性、第四位階魔法グランドウォールじゃ」

「っ！」

レントは目を丸くする。

位階による区分は、古代魔法独特のものだ。

現代魔法は上位魔法、中位魔法、下位魔法という区分が用《もち》いられ、それぞれが攻撃魔法、防御魔法と攻撃補助魔法、その他の魔法に分けられている。

「じゃあ校長先生は伝説の大魔法使いの魔法書を――」

「おっと、ストップじゃ。レント・ファーラント」

勢い込んで訊《き》こうとしたレントを、校長は止めた。

「あとで校長室に来るのじゃ。お前にはいくつか話しておきたいことがある」

「はぁ……わかりました」

レントは今すぐにでも話したかったが、仕方なく頷いておく。

「さて」

と、校長はCクラスのメンバーとミリアに向き直る。

「お前たちの実力はよくわかった。やはり儂の目に狂いはなかったようじゃの」

「というと？」

ミリアの言葉に、ニヤリと笑みを浮かべる。

「Cクラスにしておくのは惜《お》しい実力じゃ」

「え！　じゃあ、Bクラスに編入とか——」

声を上げるサラに、首を横に振る。

「AとかBとか、つまらない区分にこだわるな。あんなものは魔法の実力とはなんの関係もない代物《しろもの》なんじゃから」

「こ、校長っ！」

王立魔法学園の校長とは思えない発言に、ミリアが焦った声を上げる。

しかしルナ校長は気にせず続けた。

「サラ・ブライトフレイムは魔法騎士団の入団資格が必要なんじゃったか？　それはまあ、儂のほうでなんとかしておこう」

「本当ですかっ？」

「任せておけ」

ルナ校長はペタンコの胸を拳《こぶし》で叩く。

「それよりお前たちは、その特異な実力を伸ばしてほしい。なので、特別授業を行うことにする」

「特別授業？」

「秘密の特訓でもしてくれるのか？」

ディーネとムーノの疑問に、校長は笑みを浮かべ、とんでもないことを言い出した。

「Aクラスとの交流授業、というか模擬戦をやってもらおう」

校長のとんでもない提案に、Cクラスのメンバーが驚きの声を上げるより早く、

「それは、我々エリートに対する侮辱《ぶじょく》と受け取れるな、ルナ・リバロ」

どこかで聞いたことのあるような、嫌味《いやみ》ったらしい声が訓練場に響いた。

見れば、やたらとキラキラした空気をまとった男子生徒が、何人かの生徒と一緒にこちらへ歩いてきていた。

声を発したのは、そのキラキラ男子ではなく、その後ろにいる取り巻きの一人――シフル・タンブルウィードだった。

魔法省の長官の三男で、入学式にサラに絡んできたAクラスの生徒だ。

しかし、サラの目は、シフルではなく、彼を引き連れているキラキラ男子のほうに向けられていた。

「ル、ルイン殿下《でんか》っ」

サラは慌てて地面に片膝《かたひざ》をつき、臣下《しんか》の礼をとる。

「ルイン？　ルイン……？」

なんだか聞き覚えのある名前に、レントは首をかしげる。

先に反応したのはディーネだった。

「る、るるるる、ルイン殿下っ？　第五王子のっ⁉」

そう叫ぶと、そのまま地面に座り込んで平伏《へいふく》した。

サラとディーネの様子を見ると、キラキラ男子——ルインは苦笑して言った。

「二人とも顔を上げてくれ。私は君たちと同じ一生徒だ。特別扱いは求めていない」

「は……はっ。失礼いたしますっ」

それでも硬い口調で応じ、サラは頭を上げた。

ディーネも恐る恐る立ち上がる。

そこでようやくレントは思い出す。

入学式の日、ちょうどレントが学園に到着したところで、彼が馬車から降りてきて、それに女子生徒が群がっている様子を見ていたのだった。そのときは彼自身の姿を見る

ことはできなかったので、今回初めてお目にかかることになる。

たしかに噂《うわさ》どおりのすごい美形だ。

銀色の髪は絹糸《きぬいと》みたいだし、表情は常に凜々《りり》しく、切れ長の目は優しげだ。

（けど、なんか……）

レントはなんとなく彼の態度に違和感を覚えたが、ルナ校長がルインに話しかけたので、彼の目はそちらに向いてしまった。

「それで、Ａクラスの生徒がＣクラスの授業になんの用じゃ？」

「おい！　口の利き方に気をつけろっ」

と声を発したのはまたシフルだった。

「こちらは王子殿下で、僕は魔法省長官の息子だぞ？　この魔法学園は魔法省の管轄《かんかつ》なんだから、学園の校長は魔法省の部下、つまりあんたは僕の部下みたいなもんだ。主君と上司には敬語を使うのが常識だろっ」

シフルが喋《しゃべ》れば喋るほど、ルナ校長の表情がどんどん険悪《けんあく》になっていくが、シフルは気づいていない。

魔法でぶっ飛ばされるんじゃないかとＣクラスの面々はハラハラしていたが、シフルの言葉を止めたのはルインだった。

「下がれ、シフル」

「ですが殿下っ。こういうことは最初にガツンと言っておかないと」

「私がいいと言っているのだ。学園では堅苦《かたくる》しい生活からは解放されたいしな」

「……はい」

さすがに『主君』の言葉にはおとなしく従《したが》うシフルに代わって、ルインが言う。

「しかし校長。我々AクラスとCクラスの者たちとの模擬戦というのは、私も腑《ふ》に落《お》ちないな。それでは実力差がありすぎてCクラスが可哀想ではないか？」

「それはどうじゃろうな？」

「言うまでもないじゃないか！」

と、またしてもシフルが割って入る。

「魔法をろくに制御できず、仲間をずぶ濡れにさせるような段階なんだろう？　そんなやつらと僕たちエリート魔法使いが、勝負になるはずがない！」

どうやら、ディーネが魔法の発動に失敗するところを見ていたらしい。

「っ……」

ディーネはシフルの言葉に辛《つら》そうに顔をうつむける。

「お？　どうした？　実力もないのに本当のことを言われて傷ついたのか？」

「やめないか、シフル」

ルインが彼をたしなめる。

「彼らだって好きでＣクラスにいるわけではない。それにＣクラスの魔法使いにも戦場で果たすべき役割がある。それを軽んじてはいけない」

「さすが、殿下はお優しい」

シフルは王子を持ち上げるが、レントはますます違和感を覚えていた。

ルイン王子の態度は一見公平で優しげだが、どことなく傲慢《ごうまん》さを感じる。

しかしそんな違和感が吹っ飛ぶレベルで、シフルが偉そうにまくし立ててくる。

「じゃあ可哀想なＣクラスのためにハンデをつけようか！　僕たちは服が濡れたら負けってことでどうだ！　味方も巻き込めば一瞬で勝てるだろ？　なあ――ぐえっ⁉」

調子に乗ってディーネを責め立てていたシフルは、サラに襟首《えりくび》をつかまれてカエルが潰《つぶ》れたような声を上げる。

「それ以上私の仲間を侮辱するなっ」

「サラさん……っ」

ディーネは驚きの表情でサラを見る。

レントも驚いていた。サラはＣクラスのみんなを仲間だと思ってくれていたのだ。

「く、苦しっ……放せよっ！」

シフルは身をよじってサラの手を振り払う。

「ゲホッ……なんだ、ブライトフレイム嬢。ずいぶんＣクラスに馴染《なじ》んだみたいじゃないか。Ａクラスに戻るのは諦めたのか？」

「……そんなことはないわ。けど、あなたみたいなバカと同類にされるのは屈辱的《くつじょくてき》ね」

「なんだと……っ！」

「落ち着くのじゃ、二人とも」

言い争いをする二人の間に、ルナ校長が割って入った。

「闘志を燃やすのはけっこう。じゃが、決着は模擬戦でつけるがよかろう。魔法の実力で、どちらの言い分が正しいかわかるじゃろう」

シフルは乱れた制服を正すと、鼻を鳴らした。

「ふん。せいぜい大事な仲間に足を引っ張られないようにするんだな！」

「お騒がせして申し訳ない。だが、校長の意見が変わらないなら、我々も引くわけにはいかない。模擬戦では本気でやらせてもらおう。悪く思わないでくれ」

ルイン王子もそう告げて、Ａクラスの面々は悠々《ゆうゆう》と立ち去っていった。

「おいおい、大丈夫かよ。ルイン王子って四属性魔法を全部使える天才魔法使いだろ？本当にオレたちで相手になるのか？」

心配そうに言うムーノに、サラが腹立たしげに言う。

「こっちにだって四属性魔法を使えるレントがいるじゃない。ねえレント？」

「えっ？　あ、うん、そうだね」

サラの言葉に返事をしながら、レントはディーネが気になっていた。

シフルに魔法の失敗を指摘されてから、彼女はずっと落ち込んでいるようだった。

放課後、レントはサラに魔法の特訓をしていた。

「そう、放出している魔力の質をゆっくりと変えていくんだ。円の縁《ふち》を少しずつずらしていくイメージで」

「こう、かしら……っ？」

サラは汗を垂らしながら手のひらの炎を睨んでいる。

彼女が生み出したにしてはごく小さな魔法。

それを彼女は今必死になって土魔法に変質させようとしていた。

火属性以外の魔法を操る特訓である。

ここ数日、サラはレントのもとでこの特訓を行っていた。

「うっ……くっ……はああああっ」

一気に魔力を注ぎ込むが、そこで集中が途切《とぎ》れてしまう。

火魔法は一瞬大きく燃えて、消えてしまった。

「……ダメか」

「でも、最初のころより魔力が土属性の方向に向かうようになってるよ」

レントは告げる。

これは気休めではなく本当だった。

現代魔法では、個人が扱える魔法の属性は才能で決まると考えられているようだったが、レントの先祖の大魔法使いが書いた本では違った。

魔法は知識と思考の産物であり、本人がその原理を理解し自らのものとすれば、扱えない魔法はないのだという。

それで、もっと強くなりたいというサラのために、レントは他属性の魔法を扱えるようになるコツを教えているのだった。

とはいえ、レントは『人には得意な属性がある』という現代魔法の発想すら知らずに四属性――というか六属性の魔法を習得してしまった。

レントからすると『得意な属性しか使えない』と思っている現代魔法の使い手のほうが不思議なので、どう教えればいいだろうと思っていた。

しかしサラは優秀だった。

数日で違う属性の魔力に遷移《せんい》することができるようになったのだ。

間近でレントという規格外の実例を見ていたおかげなのかもしれない。

(本人はまだまだ納得がいっていないみたいだけど)

「もう少し、続けたいわ」

案の定、サラはすぐに手のひらから魔力を放出しようとする。

「待って待って、今日はもうこれくらいにしておこう」

「なんで。まだまだいけるわよっ」

「だめだめ。魔力の消費は翌日に引きずるんだ。明日の特訓ができなくなるよ」

「……それも、ご先祖様の本に書いてあったの？」

「うん、まあ」

レントは頷く。

サラにはすでに、レントがどうして四属性魔法を全て扱うことができて、その上光魔法や闇魔法まで使えるのかを説明していた。

レントの先祖である大魔法使い——グラン・ファーラントによれば、魔力を魔法に変換して用いるのは、本来自然に反する使い方であり、一度に大量に使用した場合、睡眠や食事などによる回復が追いつかなくなる。

特に慣れない術式や、新しい使い方をしたときには注意が必要なのだ。

そう説明すると、サラは（しぶしぶ）納得した。

「わかったわ。じゃあ、また明日よろしくね」

「うん、それじゃ俺、校長先生に呼ばれてるから」

「ええ。またあとで」

今日はこのあとCクラスのメンバーがディーネの家に呼ばれていた。

レントは王都の地理に不案内なので、サラに連れていってもらうことにしたのだ。


サラといったん別れたレントは校長室を訪れる。

「失礼します」

ノックしてから入室すると、校長は部屋の奥にある椅子《いす》に座っていた。

椅子のサイズに対して、女の子の身体が小さくて不釣《ふつ》り合《あ》いだった。

「おう、よく来たの。まあ、そこに座るのじゃ」

手前にあるソファに移動しながらルナ校長は言う。レントも彼女の向かいのソファに腰を下ろした。

校長が指を鳴らすと、二人の間の卓上にティーセットが出現した。そのまま、校長は手を触れることなくティーセットを操って、紅茶を淹《い》れた。

「すごい……」

目の前に置かれたティーカップを見て、レントは息をのむ。

「これくらい、お前も練習すればすぐにできるようになるぞ」

「そうなんですか？」

「ああ。なにしろ、儂よりお前のほうが明らかに魔導の実力は上じゃからな」

あっさりと告げられた校長の言葉に、レントは思わず苦笑を浮かべる。

「冗談でしょ？　俺は魔力ゼロだって言われたんですよ？」

「あれは測定器の能力不足じゃ」

またしてもあっさりと告げ、校長は手を振った。

壁際の本棚から本が引き出され、ふわふわ浮きながら彼女の手元まで飛んでくる。

その本のタイトルにレントは見覚えがあった。

実家であるファーラント家の書庫にあった、先祖が書いた魔法書と同じものだ。

「伝説の大魔法使い、グラン・ファーラントの『魔法体系』の写本じゃ。オリジナルはお前の家にあるものじゃろうな」

そう言いながら校長は本のページを開いて、レントのほうに向ける。

そこには三角形が描かれている。三角形は上から下まで九つに分割されていて、それぞれ第一位階から第九位階まで名前が付されている。上に行くほど数字が大きくなる。

「これが古代魔法の区分じゃが、現代魔法はこれのどこに当てはまると思う？」

「どこって……第一位階から第三位階が下位魔法、第四位階から第六位階が中位魔法、第七位階から第九位階が上位魔法、じゃないんですか？」

「そうじゃない、とお前はもうとっくに気づいておるじゃろ」

「………………」

レントは沈黙する。

たしかに、古代魔法の各位階は『この世界を見る視点』の違いによって区分されている。

一方現代魔法の三区分——上位魔法、中位魔法、下位魔法——は攻撃魔法、防御魔法と戦闘補助魔法、その他の魔法、という戦場での役割に応じて作られたものだ。

ルナ校長は本に描かれた三角形の下のほうを指差して言う。

「ざっくり言うとじゃな、現代魔法は、古代魔法で言うところの、第一位階から第三位階までしか扱えておらん」

「え……？」

レントは耳を疑う。

「いやいやいや、冗談でしょう？」

「本当じゃ。古代魔法の第四位階以降の魔法技術は現代ではほぼ完全に失われておる」

信じられない思いでレントは魔法書の三角形の図を眺める。

たしかに違和感はあった。

古代魔法では地水火風に闇光の六属性で説明されている属性区分が、現代では地水火風の四属性しか存在していなかった。

簡略化されたのかと思っていたが、どうやら闇属性魔法と光属性魔法は現代では扱われていないようだった。

サラが、黒フードが使っていた闇魔法や、それを撃退したレントの光魔法を『見たことがない魔法』と言っていたのもそのせいだ。

四属性の魔法についても、現代では扱われていない技術がある。

例えば水魔法では、第一位階から第三位階までは『ウォーター～』という名前がつけられている。

これが第四位階から第六位階では『アクア～』という名前に変わる。

レントが今日の昼使ったアクアスプラッシュなどがそうだ。

地属性なら第三位階までは『ソイル～』、第四位階からは『グランド～』になる。ルナ校長が使ったグランドウォールがそれだ。

しかし現代魔法では、アクア～やグランド～という名称の魔法は記載されていない。

つまり、第三位階までの魔法しか記されていない（エンシェントフレアやタイダルウェイブのような名前も存在するが、あれは伝説級の威力を持つ魔法を慣習的にそう呼んでいるだけで、魔法学上の正式な名称ではない）。

はじめレントは、第一学年向けの本だからなのか、あるいはそれも簡略化され、名称が統合されただけなのかと思っていたのだが、やはりそういうことではないらしい。

真相はこうだ――古代魔法の大部分の技術は失われており、現代魔法はその一部を受け継いでいるに過ぎない。

「さて、そこでじゃ」

とルナ校長は話を続ける。

レントは衝撃を受けていたが、話においていかれないように注意を向ける。

「どうやら、古代魔法で言うところの位階に到達すると、その者の魔力の質が変わるようなのじゃ」

「魔力の質が？」

「そうじゃ。特に、第三位階から第四位階に到達したときと、第六位階から第七位階に到達したときに質は大きく変化する。お前はすでに第九位階まで到達しておるのじゃろう？」

「はい。自分ではそのつもりです」

「現代魔法は第三位階までが魔導の全てだと思われておる。じゃから、魔力測定器も、第三位階までの魔力しか測定できないのじゃ」

「なるほど……」

魔力ゼロと測定されたにもかかわらずレントが魔法を使えていたのは、空気中の微量魔力を用いていたからではなく、魔力測定器では測定できない異質の魔力を用いていたからだったのだ。

ルナ校長は紅茶を飲みながら語る。

「儂も、この写本を手に入れて、第四位階に達したときから、魔力測定器での魔力の値がどんどん下がっていった。一時期は現役引退かと落ち込んだりもしたが、そういうことではなかったのじゃ」

「校長先生も第九位階まで到達したんですか？」

「そこじゃ」

びしっ、とルナ校長は可愛《かわい》らしい指をレントに向けた。

「儂よりお前のほうが魔導の実力が上というのはそこじゃよ。なにしろ――」

ルナ校長はニヤリと笑って、

「儂はまだ、第六位階までしか到達できておらぬ」

「え……？」

「驚いたか？　第七位階以降は、それほど特殊なのじゃよ。昼間、お前が『どの属性の魔法を使うか』と訊いてきたとき、儂は『四属性ならなんでもよい』と言ったじゃろ？　あれはそういう意味じゃ」

古代魔法では、第六位階までは地水火風の四属性魔法を扱い、第七位階からは闇魔法と光魔法を扱うようになる。

つまり、ルナ校長は闇魔法と光魔法は使えないのだ。

「つまり、俺は……」

「そう。現代では人類でただ一人、闇魔法と光魔法を扱える存在じゃ」

「………」

信じられない話に、レントは言葉が出てこない。

魔力ゼロと測定され、Cクラスに入れられて、自分はまだまだなのだと思っていた。

それが突然、現代の魔導の最高峰と言われるルナ・リバロより高い実力を持っていると言われても、実感が湧かなかった。

「えっと……俺はどうすればいいんでしょうか？」

その実力をガンガンアピールすればAクラスに編入できて、将来も安泰だろうか。

そんなことを考えるが、校長は申し訳なさそうにため息をついた。

「ここからは頼みごとじゃ」

「え？」

「お前はしばらく、その実力を隠しておいてくれんか」

「というと、古代魔法は使わないようにするってことですか？」

「そうじゃ。闇魔法と光魔法は使用禁止。四属性魔法も、第三位階までの制限じゃ」

「どうしてですか？」

「シフル・タンブルウィードのようなアホに才能の芽《め》を潰させないためじゃ」

レントの頭に、昼間絡んできたAクラスのボンボンの顔が思い浮かぶ。

「今の魔法学園や魔法省の管理のもとでは、お前のような規格外は制度から弾かれてしまう。現在の魔法体系はがんじがらめで自由度がなく、既得権益《きとくけんえき》に巣食うやつらがそれを守っておる。じゃが……」

ルナ校長はレントをまっすぐ見て言う。

「儂は、近いうちに改革を起こす。現代の魔法体系のしがらみをどうにかして突き崩すつもりじゃ。そしてそのためにお前の力を借りたい。じゃから、少しだけ、我慢して待っていてほしいのじゃ」

「……………わかりました」

レントは頷いた。

もともと、レントは自分の力をひけらかしてちやほやされたいわけではない。

田舎の領地で貧乏暮らしをしている父や母や妹に楽をさせてあげたい。そのために少しでもいい仕事に就《つ》きたいだけだ。

そのためには、古代魔法で無理してアピールするより、ルナ校長の言う改革を待ったほうがいいように思えた。

「よろしくお願いします。校長先生」

「任せておけ」

ルナ校長はニヤリと笑った。

「あ……」

とそこでレントは思い出す。

サラには思いっきり古代魔法の話をしてしまっている。

「どうした？」

「あ、いや……」

校長に話しておくべきかどうか考え、レントは言わないことにする。

彼女になら知られていても、今校長が言ったような問題は起こらないだろう。

代わりにべつのことをレントは口にする。

「あの、入学式の日に石像を壊した件なんですけど……」

「ああ、わかっておる。シフル・タンブルウィードがあんな強力な魔法を使えるわけがないからな。あれはお前じゃろう？」

「ごめんなさい……」

「なに、むしろ感謝したいくらいじゃ。あれ、儂の二十年くらい前の姿をかたどっていての。あんなもの、人前にさらしたくなかった。なんなら、儂がこっそり破壊していたかもしれん」

「そうだったんですか」

レントは胸をなでおろす。

「……二十年前の校長先生って九十歳？　それっていったいどんな外見――いでっ！」

「よけいな詮索《せんさく》はするんじゃないっ！」

小さな雷で痺《しび》れさせられ、レントは追及を諦めた。

第3話 実力は隠してもバトルには勝ちたいです

E, MINNA KODAIMAHO TSUKAENAINO!!???

「うわー、すごいな」

レントは周りの街並みを見上げて驚きの声を上げた。

「ちょっと、恥ずかしいからキョロキョロしないで」

隣を歩くサラがレントの腕を叩いて言ってくる。

ルナ校長との面会のあと、レントはサラと合流してディーネの家に向かっていた。

王都の街は学園から離れるに従って賑《にぎ》わってくる。

学園は魔法の訓練などで騒音が出るため、比較的郊外にあるらしかった。

王都に着いてからはほとんど学園で過ごしていたレントは、初めて見る都会の雰囲気《ふんいき》に驚きっぱなしである。

「だってこんな大きな建物がこんなにたくさん並んでるなんて」

そう言って建物を見上げるレントは完全にお上《のぼ》りさんだった。

周りの通行人が笑うのを恥ずかしそうに見ながら、サラはレントの服を引っ張る。

「ほら、早く来なさい」

まるで姉みたいなノリで彼女は言う。

「あなたも貴族なんだから、ディーネの家に着いたらちゃんとするのよ。ファーラント家の恥になるんだから」

「そうだね、うん——うわっ！　なにあの噴水《ふんすい》！」

サラの言葉に答える途中で駆け出すレントに、サラはため息をつく。

彼に常識を教えるのは、自分が新たな魔法を習得するのより難しいかもしれない。


「ここね」

「——でっか！」

ようやくディーネに言われていた場所に到着して、レントは目を丸くする。

レントの実家の屋敷よりはるかに巨大な建物が目の前にあった。

「あ、レントさん！　サラさん！」

その門のところにディーネが立っていた。

「お待ちしてました！」

「やあ、遅くなってごめん、——いてっ」

後ろからサラに叩かれ、レントは言い直す。

「本日はお招《まね》きいただきアリガトウゴザイマス」

「そんなかしこまらないでください」

慣《な》れない挨拶《あいさつ》をするレントにディーネは小さく笑った。

ディーネは可愛《かわい》らしいドレスで着飾っていた。学園の制服のときとは雰囲気がずいぶん違って見える。

「すごい家だね。商家だって言ってたけど、この様子だと大貿易商ってところ？」

「そ、そうですね。大陸の各地と取引して、魔道具の売買をしてます。魔道具は盗賊やモンスターに狙われやすい品物なので、引き受ける商人が少ないそうで」

おかげで取引を独占できる、ということだろう。

「あ、ひょっとして、ディーネが魔法を学んでるのは、魔道具を守るため？」

「いえ、わたしはそんな……」

「おや、残りのお友達もご到着かい、ディーネ」

門の中から、恰幅《かっぷく》のよい男性が現れた。どうやらディーネの父のようだ。

「ようこそいらっしゃいました。さあ、どうぞ中へ」

言われるままにレントとサラは屋敷に足を踏み入れた。

食事用の広間と、中庭が開放され、晩餐会《ばんさんかい》の会場となっていた。

といっても、ゲストはレントとサラとムーノの三人。迎える側も、ディーネと両親、ディーネの妹の四人。あとは使用人だけで、それほど大人数のパーティではなかった。

にもかかわらず、卓上には食べきれないほどの料理が並べられる。

「さあさ、遠慮せず召《め》し上《あ》がってください。珍しい遠方の食材なども使っております。ぜひご堪能《たんのう》ください」

たしかに見たことのない料理がたくさんあった。

しかもどれもこれもレントが味わったことのないほど美味《おい》しい。

「すごい、美味しいです！　これも、これも、これも美味しい！」

「レント、がっつきすぎよ」

そうたしなめるサラの横では、ムーノがレント以上の勢いで料理に食いついている。

「うめー！　なあこれ絶対余《あま》るよな。孤児院のやつらに持ってっていいかなぁ」

「ちょっとムーノも！　恥ずかしいからやめて！」

サラは頭を抱えながら声を上げるが、ディーネの父親は愉快そうに笑う。

「もちろんです。遠慮せずお持ち帰りください。私も昔はよくやりましたよ。主人には内緒で、でしたが」

ディーネの父親は、幼いころはある貴族の屋敷の使用人だったのだという。

貧乏な境遇から、その貴族との縁《えん》で魔道具の商売を始めるようになり、この財を一代で築きあげた。

「すごいですね」

レントは純粋に感心してそう告げるが、ディーネの父親は謙遜《けんそん》する。

「なぁに、つまりは成り上がり者ですよ。貴族の方々のような歴史や伝統は我が家にはありません」

その言葉は、レントやサラに対する配慮《はいりょ》ではなく、彼の純粋な憧《あこが》れのように思えた。

「旦那様」

と、そこで執事が彼を呼びに現れる。

なにやら緊急の仕事が舞い込んだようで、彼は皆に頭を下げて中座した。

代わりにディーネの母親が話をする……間もなくディーネの妹が席を立って、レントたちのところへ駆け寄る。

「はじめまして、いつもおねえちゃんがおせわになっております。ミヅハです。はっさいです」

ぺこりぺこり、と丁寧《ていねい》に頭を下げる彼女に、レントたちは改めて名乗る。

ミヅハは三人を見回して言った。

「それで、どなたがおねえちゃんのこんやくしゃですか？」

ディーネの顔がぼんっ！　と真《ま》っ赤《か》に染まる。

ディーネの母がミヅハを叱《しか》る。

「こらミヅハ！　失礼ですよ」

「えー、でも、おかあさまも気にしてたでしょ？」

「そ、そんなことはありませんわよ。おほほほほ」

ディーネの母はレントたちを見て笑ってごまかす。

その意味を察したのだろう、ムーノがニヤニヤ笑いながら答える。

「そうだなぁ。サラが男だったらお似合いだったかもな」

「どういうことよ」

「ブライトフレイム家の跡継ぎなんだ。お婿《むこ》さん候補として悪くない」

言いながら、ムーノはレントに向き直る。

「レントの家は貧乏だっつってたけど、魔法の才能があるからな。出世するかもしれねえ。意外と有望株かもな」

「ちょ、ちょっとムーノ」

「オレはやめといたほうがいいぜ。どんなに出世しても爵位は手に入れられないだろうし。金があったら全部孤児院に寄付しちまうかもしれねえしな」

あははは、と笑いながら、ムーノは大量の肉を頬張《ほおば》る。

「……今の話をまとめると、ムーノはサラのこと、結婚相手として悪くないって思ってるってこと？」

レントが仕返しのつもりで言うと、ムーノは思い切りむせて、喉《のど》に肉を詰《つ》まらせた。

「じょ、冗談じゃねえぜ。誰がこんな気の強い女と」

「私もこんなガサツな男はごめんね」

「なんだと！」

「えーと、じゃあムーノはディーネみたいなお淑《しと》やかな子が好みってこと？」

「レントさんっ」

「いや、それは……お前はどうなんだよレント！」

「俺？　俺はその……っ！」

ジ――――ッ、とサラとディーネ（とミヅハ）の視線が集中し、レントは言葉に詰まる。

「俺は……もっと歳上の女性が……」

二人のどちらにも偏《かたよ》らないよう、無難な答えを返すと、ディーネの母親が笑いながら言ってきた。

「あら、ではわたくしが立候補しましょうか」

「ちょっと、お母様！」

気まずい空気になりそうだったのがうまい具合に回避され、そのあとは学園での生活の話などで和《なご》やかな雰囲気になった。

しばらくすると、皆それぞれの場所に落ち着いた。

サラはディーネの母親と話している。

ムーノは使用人から食器を借りて、持ち帰る食べ物を詰めていた。ミヅハがそれを手伝っている。

レントは中庭の外れにあった噴水を眺めていた。

「それは、父が昔仕えていた貴族から譲《ゆず》り受《う》けたものだそうです」

横にディーネがやってきて言った。

「へえ……ドラゴンの意匠《いしょう》だね」

「はい。もともと対《つい》になっているもので、その貴族のお屋敷にも、この噴水があるそうです」

「そうなんだ」

ドラゴンは口から水を吐き出し続けている。

それは、まるでディーネが持つ水属性魔法の才能を象徴しているようにも見えた。

「今日は……ごめんなさい。せっかく来てもらったのに」

ディーネは突然謝ってきた。

理由がわからず、レントは訊《き》き返《かえ》す。

「どういうこと？　こっちこそ、すっかりご馳走《ちそう》になっちゃって」

「ミヅハや母が、あんなことを言って……」

「ああ……気にしてないよ。ディーネだってそんなつもりはないんでしょ」

「…………」

レントの言葉に、ディーネは気まずそうに沈黙した。

「え、もしかして」

「はい。あの……もしかしたらレントさんに迷惑がかかるかもしれませんから、伝えておきます」

そう前置きして、ディーネは言う。

「さっき、レントさん、わたしに訊きましたよね。魔法を学ぶのは魔道具を守るためなのかって。違うんです。父がわたしを魔法学園に入学させたのは、魔法の勉強をさせるためじゃないんです」

「魔法を勉強させるためじゃない……」

「はい。人脈を作るのが……はっきり言ってしまえば、貴族の結婚相手を見つけるのが魔法学園でわたしがやらなきゃいけないことなんです」

ディーネは目の前のドラゴンの噴水を見ている。

その顔は笑っているけど、ずいぶんと寂《さび》しそうな笑みだった。

「……仕方ないんです。わたしはすごい魔法の才能があるわけじゃないから……お家のためには、いい結婚相手を見つけるくらいしかできることがないから……」

「ディーネ……」

レントは慰《なぐさ》めの言葉を探すが、いい言葉が浮かんでこなかった。

そんなことはない、と言うのは簡単だ。

けど、そんなのは言葉だけで、なんの解決にもならない。

レントがディーネに、具体的になにかをしてあげられるわけでもない。

「おおい、ディーネ、ちょっと来てくれないか」

そこへ、ディーネの父が戻ってきて彼女を呼んだ。

「はあい！　すみません、レントさん。ちょっと失礼しますね」

「あ、うん」

ディーネは父のところへ駆けていくと、なにやら仕事の話を始める。

レントのところまで漏れ聞こえた内容から判断すると、どうやら父親がディーネに、貿易の経路について相談しているようだった。

「――の街から――街道を通って、港は――を使って」

「それだと――に行くのに時間がかかっちゃいます。それなら――」

と、ディーネは父が提案する経路の問題点を取り上げ、即座に訂正案を示す。

レントも大陸の地図を頭で描きながら聞いていたが、ディーネが口にする案を思いつくことはまったくできなかった。

「すみません、レントさん」

やがて、父親との会話を終えて戻ってきたディーネを、レントは驚きの表情で見る。

「あの、どうかしましたか、レントさん……？」

「ディーネ……君は、さっきみたいな話を、いつもお父さんとしているの？」

「え？　ああ、はい。わたし、あんなことだけは得意で。わたしはすぐ答えられるから便利なので、父はときどき訊いてきますけど……でも、誰でも地図を見て考えればできることですよね？」

たしかに、ある程度貿易の知識があれば、できることではあるだろう。

地図をじっくりと見て、時間をかけて考えれば。

普通、ディーネのように、話だけ聞いてその場で答えられたりはしない。

「……ディーネ！」

「ひゃ、ひゃいっ⁉」

突然大きな声を上げたレントに、ディーネは跳《と》び上がる。

「君に魔法の才能がないなんてとんでもない。君は、すごい魔法使いになれるよ。Ａクラスにだって負けないくらいのね」

「え？　え？」

戸惑いを隠せないディーネ。

しかし、レントの頭の中ではすでに、Aクラスとの交流授業までの間ディーネがするべき魔法の訓練のアイディアがどんどん浮かんできていた。

〇

一週間後、AクラスとCクラスの交流授業が開催された。

場所は、魔法学園敷地内にある森である。

レント、サラ、ディーネ、ムーノの四人はミリア教官に連れられて、森の入り口にやってきた。

Aクラスのメンバーは先に来ていた。

嫌味な笑みを浮かべたシフル・タンブルウィードに、キラキラなオーラを放つルイン王子。そのほかに男子と女子が一人ずつ。

傍《かたわ》らには校長のルナ・リバロがいた。

「揃《そろ》ったようじゃの」

「はっはっは！　ちゃんと来たことだけは褒めてやろう！　逃げたって誰も君たちを責

めないだろうにな！」

シフルが偉そうにふんぞり返って言ってくる。

それをルインがたしなめた。

「やめないかシフル。これは模擬戦であって決闘じゃない。Ｃクラスのみんながより魔法の技術を高められるよう、私たちは手を貸してあげないといけない」

優しげな物言いだが、やはり上から目線である。

「さすが殿下！　君たちも殿下のありがたいお言葉を聞いたか！　ちゃんと僕たちとの交流授業を糧《かて》にするんだぞ！」

「……あなたからなにかを学べるなんて気は全然しないわね」

「なんだとっ！」

サラが吐き捨てるように言った言葉に、シフルは怒りの声を上げる。

「ああ、もう、サラはすぐ挑発するんだから」

「バカがバカなことを言うから悪いのよ」

「誰がバカだ誰が！」

Ｃクラス同士の会話にまでツッコんでくるシフル。律儀である。

「盛り上がってきたところで、そろそろ始めるかの」

「盛り上がってるっていうか、無意味に白熱してる気がしますけど……」

校長とミリアが会話しながら生徒たちの前に立つ。

「それじゃルールを説明するのじゃ」

ルナ校長は森を指差す。

「AクラスとCクラスは同時に森の南側と北側に向かうのじゃ。十分後、儂《わし》が合図の魔法を放ったら戦闘開始じゃ」

「勝利条件はなんですか？」

サラが問う。

「相手チームの四人全員を倒したらじゃ。怪我《けが》をしても儂の治癒魔法《ちゆまほう》で簡単に治せるから、安心して思い切り戦うがよい。ああ、使ってよいのは魔法だけじゃぞ。武器や格闘術の使用は禁止じゃ」

ルールが確認され、両チームは移動開始。シフルやルインたちAクラスは森の南へ、レントたちCクラスは北へ向かう。

「……魔法以外の攻撃が禁止なのは痛いわね」

サラが言う。

サラは魔法騎士団への入団志望なので、剣術や格闘術も扱える。

それは魔法のレベルが高いAクラス相手に使えればかなり助かったのだが……。

「あのババ……校長、どっちの味方なんだよ」

この前の定期試験のときのことを思い出してか、言い直すムーノ。

レントは苦笑して告げる。

「まあ仕方ないよ。それならそれで、作戦どおりにいこう」

「ほ、本当に大丈夫でしょうか？」

ディーネが不安そうに言う。

「大丈夫。自信を持って」

そのとき、森の上空で空気が弾《はじ》けるような音が響いた。

『試合開始じゃ〜』

ルナ校長の気が抜けるような声も聞こえてくる。

たぶん、風魔法に自分の声を乗せて森の上空へ飛ばしたのだろう。

すごい魔法技術だが、技術の無駄遣い感がすごい。

ともあれ試合開始である。

レントたちは、作戦の最終確認をしてから、それぞれ移動を開始した。


レントたちCクラスの作戦はこんな感じである。

まず、フィールドとなる森の各部分の様子をそれぞれが把握《はあく》する。

地形もそうだが、より重要なのは、地水火風のそれぞれの微量魔力がどう分布しているかだ。

魔法を扱えるようになって間もないディーネやムーノは、周囲の微量魔力の質によって魔法の威力が大きく左右される。

なので、自分が魔法を使うのに有利な場所を把握しておくことは大きな意味を持つ。

次に、いったん集合して情報を共有し、誰がどこで魔法を使うと有利かを把握してから行動開始。

基本的には四人で動いて、Ａクラスのメンバーを一人ずつ撃破する。

二人が相手を誘い込み、残り二人のどちらかが属性上有利な場所で攻撃を加え、相手を倒す。

無理に一対一の対決などせず、確実に相手の数を減らしていく作戦だ。

「そのはずだったんだけどなぁ……」

レントは草むらに隠れながらぼやく。

近くからＡクラスの男子生徒の声が聞こえる。

「おい、どこに行きやがった、魔力ゼロの落ちこぼれやろう！」

シフルと同じ、ルインの取り巻きの貴族のようだが、シフル以上に口が悪い。

「あーあ、つまんねえな！　あっちの女子のどっちかだったら楽しかったのによ！　さっさと魔力ゼロを倒して、あの子たちをいじめたいぜ！」

……Aクラスはロクでもないやつしかいないのだろうか。

ここで倒してしまってもいいが、ほかの三人も、Aクラスのメンバーと遭遇している可能性がある。

サラはともかく、ムーノとディーネにはサポートが必要だ。

「ここはとりあえず……ウィンドビジョン」

レントは風属性・第三位階魔法を展開する。

空気の温度を変化させて周囲の景色を変え、相手を迷子にさせる。こうした森の中のような、似たような景色が続いているところではかなり効果的な魔法だ。

Aクラスの男子生徒はそんな魔法をかけられたことも知らず、レントを探し続け、同じ場所をぐるぐると回り始める。

「よし……」

レントはほかのメンバーを探しに移動した。


そのころサラはAクラスの女子と遭遇し苦戦していた。

「くっ！」

「きゃははは！　よっわーい！　なにその火？　すぐ消えちゃうじゃーん！」

その女子とは王城のパーティかなにかで顔を合わせたことがあった。

地方貴族の令嬢で、その家は代々魔法騎士団の団員として活躍している魔法使いだったはずだ。

どうやら水属性魔法を得意とする使い手らしい。

火属性魔法を使うサラでは相性が悪い。

「ファイアボール！」

「ウォーターウォール」

サラの放った火球は、薄い水の膜《まく》のような壁で簡単に防がれてしまう。

「ウォーターアロー」

「ファイアウォールっ！」

反対に、相手の放った水の矢は分厚い炎の壁も簡単に貫いてしまう。

サラは身体能力を活かしてなんとかかわしている状態だ。

「きゃっはははは！　弱いものいじめって楽しいわよねー！」

「くそっ！」

サラは悔《くや》しさに歯嚙《はが》みする。

相手の実力は大したことがない。魔力の扱いは雑で、ブレが大きすぎる。たまたま騎士の家系に生まれたから魔法を使い慣れているというだけだろう。

それでも属性の相性は大きい。

「ウォーターアロー」

「っ！　ファイアウォール――え？」

相手がふたたび攻撃を放ったので、サラは防ぎつつ回避しようとした。

しかしその矢は奇妙な軌道を描いて炎の壁を回避し、真横からサラを襲った。

「っ！」

矢にしては湾曲《わんきょく》した形のそれがサラの胴体を挟《はさ》むように背後の樹に張り付ける。

「きゃははは！　引っかかった引っかかった！」

楽しそうに飛び跳ねながらAクラスの女子がサラの前に姿を現す。

「ちょっと！　なによこれ！」

サラは自分の身体《からだ》を拘束するものを示して声を上げる。

ウォーターアローに見せかけたそれは、馬蹄型《ばていがた》の金属具だった。輪の部分がサラを拘束し、先端を樹に刺して、彼女を動けなくしていた。

手に持っていたそれを、魔法をまとわせて投げつけたのだろう。

「使っていいのは魔法だけでしょう！　どういうつもりよ！」

「きゃははは！　あなたが黙《だま》っていればバレないいじゃない！」

「黙ってると思う？」

「黙ってるしかないでしょうね。永遠にね」

「っ！」

急に冷たい声を放つ女子生徒にサラは背筋を震わせた。

これまでのノリとはまるで違う本気の殺意を感じた。

「ウォーターボール」

女子は指先に水の球を生み出す。その球はどんどん大きくなり、サラの上半身をすっぽりと包めるほどのサイズになった。

「あたしね、人が溺《おぼ》れて苦しんでる顔って大好きなんだよね」

「あなた……なんのつもりっ？　ブライトフレイム家に恨《うら》みでもあるの？」

「とぼけないでよ、この泥棒猫！」

「…………へ？」

泥棒猫。それは一般に女性が、自分の夫や恋人を奪った相手に対して放つ罵倒《ばとう》だ。

「えっと、まったく身に覚えがないんだけど」

「とぼけないで！」

困惑するサラに、女子生徒は目を吊り上げて叫ぶ。

「シフルを誘惑したでしょう⁉」

「…………………………いいえ？」

サラは首をかしげるしかない。

たしかにシフルはサラに婚約者になるよう迫ってきた。

しかしあれは、タンブルウィード家とブライトフレイム家が結びつくことでより強い権力を手に入れようという魂胆《こんたん》があるからだ。

シフルはサラ自身に対して興味はないだろうし、ましてやサラがシフルになにかしたなんてことはまったくない。

「とっっっぽけんじゃないわよこの泥棒猫！　どうせあんたみたいな×××が×××で××××××××な××××××××××××××！」

「……えっと」

もうびっくりするくらい卑猥《ひわい》な罵《ののし》りに、腹が立つ前に呆《あき》れてしまうサラ。むしろ感心したくなるくらいの罵倒である。

「その……あなたは、シフルと婚約でもしてたのかしら？」

サラは尋《たず》ねる。

だとしたら、まあ、ちょっとだけ、ほんの少し、申し訳ない気持ちにならないわけでもないかもしれない。

「婚約？　そんなものしなくてもあたしとシフルは運命で結ばれてるのよ。見ればわかるでしょう？　誰にも邪魔なんてさせないんだから。あたしとシフルは相性抜群なの絶対に結ばれるの運命の相手なの。なのにあんたが割って入ってきたからうまくいかないのよ。だから排除《はいじょ》するのよ障害は排除するのあたしとシフルの幸せのためにそれがシフルにとって一番いいことなんだから――」

「うっわー……」

まったく申し訳なくなる理由がなかった。

延々《えんえん》と妄想を語り、自分とシフルの十人目の孫が生まれたあたりで目の焦点をサラに戻した女子生徒は、怪しい光を放ちながら言う。

「そういうわけで、あたしとシフルの幸せのために死んでちょうだい」

「冗談じゃないわよ！」

手に持っていた水球をサラに押しつけてくる女子。サラは身をよじるが、がっちりと食い込んだ金属具は外れない。このままでは本当に水死させられてしまう。

そのときだ。

「ソイルショット！」

地属性魔法の弾丸が飛んできて、女子生徒が持っていた水球を貫いた。

「きゃっ！」

水球がバシャンと弾ける。

「レント！」

「大丈夫、サラ？」

樹の陰からレントが姿を現す。

彼はサラを拘束する金属具を見て言う。

「それを外すのは時間かかりそうだから、まずは彼女をどうにかしないと」

「魔力ゼロ？　あなたみたいな落ちこぼれになにができるの？」

「……その呼び方定着してるの？　嫌だなぁ」

微妙な気分になりながら、レントは女子生徒と向き合う。

「ウォーターショッ——きゃあ！」

「相手を拘束したいならちゃんと魔法を使わないと。ルールは守ろうよ」

女子生徒が水魔法を放つ前に、彼女の足首が、地面から盛り上がった土に包まれる。

バランスを崩して転んだ彼女の腕も、土が包んで拘束してしまう。

「ソイルソリッドで土を硬化してるからしばらくそのままだよ」

「このっ、放してよぉ！」

叫ぶ女子生徒。暴れるが、地魔法による拘束はまったく解けない。

レントはサラを拘束する金属具を外そうとするが、樹肌《きはだ》にかなり深く刺さっているので抜けない。

「ぐぬぬっ……ダメだ。全然抜けない」

「ちょっと、体力なさすぎるわよ！」

「魔法の特訓しかしてこなかったから……」

息を荒らげながらレントは言う。

「仕方ないな……グランドリジェネ」

地属性・第五位階魔法。

地属性の微量魔力を有する物質を高速で再生、成長させる魔法である。

金属具が刺さった樹肌がもりもりと盛り上がり、金属具が押し出されるようにして外れた。

ルナ校長からは第四位階以降の魔法を使うなと言われているのだが、相手だって魔法以外の武器を使ってズルをしているのだ。そのズルで生じたハンデをなくすためなので許してほしい。

「なにその魔法……魔力ゼロ、あんたなんなのよ！」

「えっと……」

さすがにAクラスともなるとレントが使った魔法が普通ではないと気づいたようだ。

レントがどうごまかそうかと考えていると、サラが言う。

「あなたが知る必要はないわ。永遠にそれを口にする機会がなくなるんだから」

「え？」

「ファイアボール」

サラは指先に炎の球を生み出す。

その球はどんどん大きくなり、女子生徒の上半身をすっぽりと包めるほどのサイズになった。

「ちょっと、待って……ねえ、嘘《うそ》でしょ？」

「私も大好きなのよ。人が燃えて苦しんでる姿がね」

「待って、やめて、許して、やめてやめてやめてやめて――っ！」

ぽんっ！　とサラが火球を放ると、悲鳴を上げて女子生徒は気絶してしまった。

火球はその目の前で小さく弾けて消えた。

サラは満足そうに笑うと、レントに向き直る。

「ありがとう、助かったわ」

「うん……あの、サラ、人が燃えて苦しんでる姿が好きなの？」

「好きじゃないわよ！」

レントが恐る恐る尋ねると、サラは慌ててそう言った。

「今のはちょっとした仕返しよ！　卑怯な手を使われて悔しかったから……」

普通の戦闘訓練なら、あのような搦《から》め手《て》で来られても対処できる自信はある。

今回は『魔法だけ』というルールだったのに、相手がそれを破ってきたために防げなかった。それがよけいに悔しかったのだ。

「そ、それより、どうするの？　フィールドの状況を把握してから集合する作戦はもう使えないんじゃないかしら」

「そうだね……」

レントは考え込む。

「なにか気になるの？」

「実は俺も分散してすぐにＡクラスのメンバーに攻撃を受けたんだ」

「それって……！」

「うん。さすがに偶然じゃないと思う。もしかしたらＡクラスは試合開始前から俺たちの居場所を察知《さっち》していたのかもしれない」

相手の居場所を察知する魔法は存在する。

だが（現代魔法では）広いフィールドから対象を即座に見つけ出すのは難しい。初めから広域に魔法を展開しておくか、相手にそれとわかるようなマーキングをしておく必要がある。

レントもサラも試合開始直後に攻撃を受けた。

それは、試合が始まる前、移動中からＡクラスがＣクラスに対して探知用の魔法を使用していたということだ。

「どこまで卑怯なのかしらっ」

憤《いきどお》るサラ。

「ディーネとムーノを探そう」

「そうね」

サラはどさくさに紛《まぎ》れて殺されそうになった。

二人もなにをされるかわからない。

レントとサラは二手に分かれ移動を開始した。

サラはムーノが向かった方向へ、レントはディーネが向かった方向へ進んでいく。


「くそっ……なんだってオレの居場所がわかるんだ……？」

ムーノは樹の陰に隠れながら呻《うめ》いた。

草をかき分ける音とともに近づいてくるのはキラキラしたオーラを放つ男子生徒――ルイン王子だった。

森の中だというのに、まるで王城の回廊でも歩いているみたいに爽やかな足取りで、彼はムーノのところまでまっすぐに歩いてくる。

「ウォーターアロー」

「っ！」

突如《とつじょ》放たれた水の矢を、地面を転がりながらかわす。

ムーノはそのままべつの樹の陰に移動した。

「いやぁ、しぶといねえ。野生の狐《きつね》ならもうちょっと簡単に撃ちとれるよ」

爽やかな声で恐ろしいことを言い出すルイン。

（あいつ……オレを狩りの獲物《えもの》と同じだと思ってやがるのかよ）

ムーノの背筋を冷たいものが走る。

完全にそのつもりで楽しんでいるのならともかく、ルインは先ほどからムーノに話しかけてきもするのだ。

「攻撃をしてきたらどうだい？　逃げまわっていても訓練にはならないだろう。自分の魔法が効かないことを知って、相手の魔法を受けるのも、訓練の一環になると思うよ」

（冗談じゃねえぜ……！）

ルイン王子は、本気でそれが『Cクラスの劣等生』のためになると思っている。

自分でも意識していない上から目線だ。

はっきり自分がエリートだと宣言してくるシフルより、ある意味もっとタチが悪い。

（さっさと逃げ出したいところだけど……）

魔法の実力では、ムーノはルインにまったく敵わないが、逃げ足だけは自信がある。

しかし、たぶんそれだけでは逃げきれない。

「出てきてくれないのなら、あぶり出すしかないかな――ウィンドカッター」

「っ！」
大量の空気の刃《やいば》が乱舞し、ルインの周囲の樹が切り倒されていく。
凄《すさ》まじい威力だ。
地水火風の四属性全てを扱える天才王子。
彼の魔法をもってすれば、ムーノが逃げたと思われる方向にランダムで魔法を放って
ムーノを仕留《しと》める、という芸当も可能だろう。
姿を見られなくても倒されてしまう。
しかも、なぜかルインはムーノがいるだいたいの方向がわかるのだ。
「うぉ、あぶねっ……！」
ムーノは飛んできた空気の刃をギリギリでかわす。
(居場所がバレるのもなんかの魔法なのか？　くそっ、文字が読めてれば、もっと教本
を読んで魔法の種類を知っておけたんだけどな……)
この訓練が終わったら、文字の勉強を本気で始めようと考えるムーノ。
しかし今はこの危機を乗り越えることを考えなければいけない。
「今オレが使える魔法でなんとか……」
一つだけ、レントに教えてもらい、丸暗記で使える魔法の術式がある。
土を動かして少しだけ隆起《りゅうき》させるソイルムーヴだ。

ルインを倒すことはできない。だがせめて時間稼ぎをして、隙を見出《みいだ》したい。

「よし……ソイルムーヴ」

魔法を発動させ、自分から少し離れた位置にある地面を隆起させる。

そのために樹が揺れて音を立てた。

「そこかっ」

ルインがそちらに向かってファイアボールを放つ。

ムーノは連続でソイルムーヴを発動し、自分とは反対方向へルインの注意を誘導していく。

（よしっ！）

ルインがこちらに完全に背を向けたところで、ムーノはその場から逃げ出す。

これがなんでもありの戦いなら、木の枝でも振り上げてルインに襲いかかるところだが、あいにく使っていいのは魔法だけだ。

ムーノは段差になっているところをジャンプし、窪地《くぼち》に隠れる。

そして、一気に駆け出してその場を離脱しようとしたところで、

「見つけたよ」

「げっ」

風魔法の効果だろうか、凄まじい跳躍力で、ルインがムーノの目の前に降り立った。

ルインは爽やかな笑みを浮かべ、ムーノに魔力を集めた手のひらを向ける。

「これで終わりだ、Ｃクラスくん」

「名前くらい憶《おぼ》えとけよ！」

ムーノは悔し紛れに叫ぶ。

ルインの手のひらから何本もの風の刃が生まれ、それがムーノに向けて飛ぶ。

「ウィンドカッター」

「ファイアボールっ！」

横から飛んできた炎の球が、風の刃の軌道をそらす。

「サラっ⁉」

「ちぃっ！」

ルインが後退する。彼がいた場所を炎の球がいくつも通過する。

「ムーノ、こっちへ！」

サラに呼ばれ、ムーノは移動する。

「いやぁ、助かったぜ。あんたがいれば百人力だ」

「バカ言わないで。それならルイン王子は千人力よ」

「えーと、つまり？」

「まともにぶつかっても勝てるわけないから逃げるわよっ！」

「あ、おい、待てよ！」

二人は即座にその場を離れた。

「やれやれ……」

一方のルインは、落ち着いた足取りで二人を追う。

焦る必要はない。

この森にはルインの風魔法が展開されており、誰がどこにいるか把握できる。

レントが想像したとおりのことをAクラスは行っていたのだった。

Aクラスの彼らに罪悪感はない。

彼らにとっては、AクラスがCクラスに負けることこそが罪であり、そんな事態を招くことがないよう全力を尽くすべきなのだ。

「さて、狐はこちらか……」

ルインは隙のない目で周囲を窺《うかが》いつつ、森を進む。

そのころ、ディーネはシフル・タンブルウィードに追われていた。

「はっはっは！　どうした！　逃げまわってるだけじゃどうにもならないぞ！」

「っ！」

「ウィンドブラスト！　ウィンドブラスト！　ウィンドブラスト！」

シフルは狙いもつけずに風魔法を連発する。

空気を圧縮した塊《かたまり》を放つ魔法である。

人一人簡単に吹き飛ばす力を持つ魔法だが、シフルのものはそれほどの威力はない。

細い樹の枝を折ったり、葉を散らしたりする程度である。

魔力の扱いが下手なのと、ムダ撃ちをしているため魔力が減っているせいだった。

それでも当たれば痛いし、何度もくらえば戦闘不能にもなるだろう。

ディーネは逃げまわるしかなかった。

「ウィンドブラスト！」

「っ……ウォーターウォール！」

シフルの魔法が直撃しそうになり、ディーネは水魔法で防御する。

しかし、小さな滝の壁は簡単に吹き散らされてしまう。

「きゃあ！」

弾けた風魔法にディーネは衝撃を受けて転んでしまう。

「はっはっは！　そんな弱い魔法で僕の攻撃が防げるものか！」

「っ………」

それでもディーネはすぐに立ち上がり、また駆け出す。

シフルはわざとらしくため息をついて、その後を追う。

「往生際《おうじょうぎわ》が悪いなぁ。勝てるわけがないんだから諦《あきら》めなよ」

「い、嫌ですっ！」

ディーネは息を荒らげながら、樹を盾にしながら逃げる。

（なんとか、避《よ》けないとっ！）

幸い、シフルの攻撃はわかりやすい。

魔力をちゃんと制御していないので、攻撃の前に、魔力が狙う方向に向けて放出されているのだ。油断なく察知していれば、どこへ逃げればいいかはわかるのだった。

（でも、このままじゃ……！）

問題はディーネの体力のほうだった。

すでにかなり息が上がってきている。

このままでは攻撃箇所がわかっていても避けられず、倒されてしまう。

「ほらほらどうした！　動きが鈍くなってきたんじゃないか？」

シフルのほうも気づいたらしく、そんなふうに言いながら魔法を撃ち込んでくる。

「そっ、そんなことありません！　あ、あなたのへなちょこ魔法なんか、あ、当たりませんからっ！」

「なんだとっ！」

がんばって挑発の言葉を放つと、シフルは怒って魔法の勢いを強める。

しかし狙いはその分雑になり、かわしやすくなった。

（やった……ありがとうございます、サラさん）

今のはサラの言葉を思い出して真似《まね》してみたのだ。

誰かを挑発するなんて、これまでのディーネには思いつきもしなかったことだ。

魔法学園に入学して、Ｃクラスの皆と一緒に過ごすようになって、これまで経験したことのない日々をディーネは過ごしている。

「……っ！」

ディーネは足を止めた。

目の前に大きく崖がせり出していて、行き止まりになっていた。

「はっはっはっ……はぁ、はぁ……追い詰めたぞっ」

自分も息を切らしながらそう言うシフル。

ディーネは振り返り、追いついてきたシフルを見る。

「まったく手間《てま》取らせてくれる。Ｃクラスのくせに……でもこれで終わりだ。今度こそ僕の魔法で……ん？」

と、シフルは言葉の途中で口を閉じると、ディーネをジロジロ見てきた。

「な、なんですか？」

シフルは、ふふん、と笑みを浮かべる。

「君、よく見るとなかなか可愛いじゃないか。しかもたしか、実家は魔道具を扱う貿易商だったな」

「そ、そうですけど……」

「よし、僕の恋人にしてやろう」

「へ……？」

突然の告白にシフルは息をのむ。

しかし、どうやらそんなロマンチックなものではないようだった。

「ちょうどいい。父上が仰《おっしゃ》っていたんだ。国内の魔道具の流通が魔法省の管轄《かんかつ》下にないのが困るとね。君の家が協力してくれれば、一挙に市場を把握できる。それに、君の家としても、魔法省の長官と結びつきを持っておくのは悪い話じゃないだろう？」

「…………」

シフルの言葉に、ディーネの心は揺れる。

ディーネの家にとってはそれは悪い話ではない。

魔法省の長官を代々務めるタンブルウィード家は王国の重臣との太いパイプになる。事業はますます拡大できるだろうし、うまく立ち回ればディーネの家が法服貴族の位を与えられることも可能かもしれない。

そもそも、ディーネが魔法学園に入学したのは、そういった人脈を築くためだ。

タンブルウィード家の三男の恋人になって……うまく取り入って結婚にまで持ち込めば、ディーネの務めは完了である。

「どうした？　迷うような話じゃないだろう。この僕が、シフル・タンブルウィードが落ちこぼれの君を拾い上げてやろうって言うんだぜ」

「そうですね……」

シフルの言葉に、ディーネは決意を固める。

思い浮かぶのはCクラスのみんなだ。

ディーネの失敗も笑って受け流してくれるムーノ。

ディーネをバカにしたシフルに、本気で怒ってくれたサラ。

そして――『君は、すごい魔法使いになれるよ』と言ってくれたレント。

（わたしは、みんなの思いに応えたいです！）

ディーネはまっすぐにシフルを見て、ニッコリと笑みを浮かべると、

「絶対に嫌です。お断りします」


直後、一気に魔力を練り上げ、放出させる。

一瞬、すごく間の抜けた表情になったシフルは、すぐに顔を真っ赤に怒らせてなにか

を叫ぼうとした。

しかし声を発する暇《ひま》もなく、足元から噴き出した大量の水に宙高く放り投げられた。

「ぎゃあああああ――……」

悲鳴がすごい勢いで遠ざかってすぐに聞こえなくなった。

「……で、できました」

ディーネは空へ飛んでいくシフルを眺めながらホッと息をついた。

数日前、訓練場でディーネは、レントからアドバイスを受けていた。

『ディーネは頭の中で地図を描けるみたいだね』

そう言われて、ディーネは首をかしげる。

『それって、誰でもできることじゃないんですか？』

父も母も、使用人たちも、みんなそれくらいはやっている。ディーネは、少しだけそれが早い程度だ。

そう思っていた。

『ディーネのそれは充分に特技だよ。お父さんとの会話で、交易のための最適なルートを即座に割り出してたでしょ。あれはなかなかできることじゃない』

『そうだったんですか……』

誰にも言われなかったし、ディーネ自身も気づいていないことだった。

『でも、それが魔法と関係あるんですか？』

『もちろん。特にディーネの水魔法とは相性がいいと思う』

レントは説明してくれる。

『水魔法は魔力から水を生み出すけど、近くに操れる水があれば、より強い魔法を扱える。そして、場所によっては、地下に水の流れがある。それを察知して利用するんだ』

『水の流れ……』

『そう。水がどこを流れているかは、微量魔力を察知することで把握できる。流れを把握したら、どこで魔法を使えば強い威力を発揮《はっき》できるかもわかる。本当なら、水の力が一番強い場所を、図を描いて割り出す必要があるけど……ディーネならきっと、その必要がない』

『はい……たしかに、できると思います』

前に、川の流れから増水しやすい場所を見つけ、工事をするべきところを割り出したことがある。

魔力で水の流れを探る必要がある分大変だが、難しい作業ではない。

『よし。それじゃ交流授業までの一週間は、微量魔力の察知に全力を尽くそう』

『わかりました！』

そうして、一週間特訓を続けた成果がこれだった。

シフルから逃げまわりながら、ディーネは地面の下の水の流れを探っていたのだ。

そして、その流れがもっとも地上に近づき、魔法に利用しやすい場所を割り出し、そこへシフルを誘導した。

最後に魔力を展開、地下水の微量魔力と反応させて、一気に水を噴き上がらせる。

ここまでうまくいくとは思わなかった。

「やった……できた、わたしにも……」

ディーネは、目の前でまるで竜のように立ち昇る水柱を見て、少しずつ実感が湧いてきた。

Aクラスの生徒に、魔法で勝つことができた。

「やった……やりました！」

嬉《うれ》しくて、思わず声を上げるディーネ。

不意に、その足元の地面が、グラグラと揺れ始めた。

「……え？　これは、まさか……きゃあ！」

ディーネの足元からも水が噴き出し、彼女は宙高く飛ばされてしまった。

魔力による刺激がうまくいきすぎたのだ。

森中の地下を流れる水が集まってきて、すごい勢いで放出される。

「きゃあああああ――……」

先ほどのシフルみたいにディーネは空高く放り出され、落下していく。

「ひゃわわわ……ど、どうすれば……！」

「よっと」

「レントさん！」

風魔法で飛んできたレントが彼女を受け止め、そのまま着地した。

「間に合ってよかった……シフルを倒せたんだね、ディーネ」

「はいっ！　やりました！　わたし……自分の力で勝てました！　レントさんのおかげです！」

そう言ってディーネはレントに抱きつく。

レントは照れるが、すぐに少し離れたところに目を向ける。

そこでは、大量の水が今も噴き出して、川のような流れを生み出していた。

「あの、レントさん……あれって、やっぱりマズいですかね」

「マズいね……どんどん勢いが強くなってって……」

どぉ！　と音を立てて水柱がいくつも立ち、周りの樹々をなぎ倒した。

「……逃げるよ！」

レントはディーネを抱えたまま、足元に風魔法を展開する。

風属性・第二位階魔法『ウィンドプレート』だ。

空気中に足場を作り、移動に合わせて小さく破裂させることで跳躍力をアップ。

すごい勢いで移動していく。

やがて二人は生い茂る樹より高い位置へ移動し、森の上空へ出る。

風が当たり、ディーネの髪を後ろへなびかせる。

それを心地よく感じながらディーネは言う。

「レントさん！」

「なに？」

「わたし、もっと魔法がうまく使えるようになりたいです！」

それは、生まれて初めてかもしれない、ディーネの心の中から湧き上がった、彼女の決意だった。

ちなみに、すごい勢いで森を蹂躙《じゅうりん》していくディーネの水魔法の影響は、模擬戦の勝敗にも大きな影響を与えた。

レントを探すAクラスの男子生徒は、風魔法に幻惑《げんわく》されているとも気づかずに、森をさまよっていたが、ようやくなにかがおかしいと気づいた。

「さっきから同じところをぐるぐる回ってる気がするな……この樹、さっきもなかったか？」

しかし、気づいたときには遅かった。

ごごごご……と不気味な音が聞こえてきたと思ったら、次の瞬間にはすごい勢いで流れてきた水にのまれ、彼はあっという間に押し流されてまった。

「うわっ！　なんだ、魔法か？　災害か？　聞いてないぞこんなの——ガボゴボ」

水にのまれ気を失った彼は、ルナ校長の魔法で救い出された。

レントの魔法で地面に拘束されたAクラスの女子生徒は、

「ちょっと、水！　水！　溺れるじゃない！　誰か、誰か助け——ゴボガボ」

同じく水にのまれ、直後校長の魔法で助け出された。

そして、残ったルイン王子は——。

「さあ、追い詰めたぞ」

「くそっ……」

「ここまでかしらね」

樹々が行く手を遮《さえぎ》って行き止まりになっている場所にサラとムーノの二人は追い詰められていた。

ルインは相変わらず爽やかな笑みを浮かべながら、魔力を展開する。

「まったく、ただ逃げまわるだけなんてみっともないじゃないか。魔法で勝てないとわかったら、素直に倒される。そういう引《ひ》き際《ぎわ》を学ぶべきだ」

「申し訳ありません、殿下。父からは、生き残るために最適の道を探せと教えられてきたもので」

「なるほど、それも戦場での騎士道だろう。だが、美しくはないな」

ルインは手のひらに風魔法を展開する。

手のひらに風の刃がいくつも生み出された。

「痛みとともに、潔《いさぎよ》さを学びたまえ」

そう言ってウィンドカッターを放とうとしたルインの上に、

「……──ああああああああっ！」

長い悲鳴を発しながらシフルが落下してきた。

ディーネの水魔法で吹き飛ばされた彼が、ようやく落ちてきたのだ。

「っ！」

さすがに予期しない展開に、ルインの注意が一瞬それる。

サラはその瞬間を逃さなかった。

「ファイアブレイド！」

炎で長剣を生み出し、それを振り上げてルインに肉薄する。

相手に接近しなければ攻撃できないため、魔法使い同士の戦いではほとんど使い道のない魔法だ。

だが、簡単に防御されないように、サラはあえて炎の剣を使った。

「このっ……！」

ルインがウィンドカッターを放つ。

サラは攻撃の邪魔になる刃だけを炎の剣で消し去る。

残った刃が彼女の身体に傷をつけるが、かまうことなく疾駆《しっく》。

炎の剣をルインにぶち当てた。

「バカなあああ！」

信じられないといった声を上げ、吹き飛ぶルイン。

そこにシフルが落ちてくる。

「ウィンドプレート――って殿下っ⁉」

シフルが衝撃吸収のための風魔法を展開したまさにその真下にルインが飛んできて、押しつぶされる。

「ぐえ！」

「殿下────────！」

動揺したシフルは風魔法を解いてしまい、ルインの上に落っこちた。

「「ぐええ！」」

悲惨な声を上げて、二人ともそのまま気絶してしまった。

結果、ディーネの魔法によって、Ａクラスのメンバーは全員敗退。

交流授業の結果は、Ｃクラスの勝利となったのだった。

第4話 バトルに勝ちたいけどまだまだ発展途上です

E, MINNA KODAIMAHO TSUKAENAINO!!??

「交流授業でAクラスを倒しても、前とあまり変わらないね」

食堂で朝食を食べながらレントは周りを見回す。

「そうね。まあ、こんなものでしょ。シフルが訓練の邪魔をしにこなくなっただけで充分だわ——ほら、また。パンはフォークじゃなくて手でちぎって食べるの」

サラに指摘されて、慌《あわ》ててレントはパンをフォークから外す。

都会のマナーは難しい。今のところ、レントよりディーネやムーノのほうがテーブルマナーは上だった。

「ところで……どうしたのかしら？　ちょっと早めに朝食をとろうって。二人に聞かれたくない話？」

普段、Cクラスのみんなは一緒に食事をすることが多い。

しかし前日の交流授業のあとの別れ際、レントはサラに早めに食堂に来てもらえるよう頼んだのだった。

「うん……ちょっとわからなくなってね」

「なにが？」

「俺はこのまま古代魔法を使ってていいんだろうかって」

「……どういうこと？」

サラの目が少し険《けわ》しくなるが、レントはそれに気づかず続ける。

「昨日の交流授業でよくわかった。ルナ校長が言うとおり、古代魔法の力も知識も桁外《けたはず》れで危険だ。それならいっそ現代の魔法技術を一から学び直して、普通の魔法使いになったほうがいいんじゃないかって――」

「なに言ってるのよっ」

サラがレントの言葉を止める。

「魔法使いが自分の実力を高めるのにどれだけ努力を重ねるか知らないわけじゃないでしょ？　それをわざわざランクダウンさせるなんてありえないわ」

「いや、でもね」

「でもじゃないわよ。私は昨日の戦いで後れをとって……もしレントくらいの力があったらあんなことにならなかったのにって、そんなふうに思ってたのに……っ」

「サラ……」

「あなたは私より魔法の才能があって強いのよ。だから私はあなたに教えを乞《こ》うたの。

なのに、そんなこと言わないでよ」

「それは……うん、そうだね。ごめん、変なこと言って」

レントはなにも言えなくなる。

サラがレントの実力を認めてくれたからこそ、今の二人の、そしてCクラスの関係が築けたのだ。

それを裏切るようなことをしちゃいけない。

レントはそう思い直した。

「…………」

しかしサラは不満そうにレントを睨《にら》み続《つづ》けるのだった。

「どうして同じところを何度も間違えるのよ！」

「仕方ねえだろ！　こんなの初めて見るんだから！」

Cクラスの教室にサラとムーノの声が響く。

レントとディーネはびっくりして二人のほうを見る。

放課後だった。

四人は授業でわからなかったところなどを、復習も兼《か》ねて互いに教え合っていた。

レントはディーネに、空気中に漂う微量魔力を利用して強力な水魔法を放ったためのコツを説明していた。

ムーノはサラに、授業で習った術式で使う文字について教えてもらっていたはずだ。

しかし、今日のサラはいつもよりもムーノの間違いを指摘する言い方がキツかった。

その上、ムーノが何度術式を書き起こしても同じところを間違えるため、サラがつい声を上げてしまったらしい。

「なにが初めてよ！　十回は繰り返したわ。それに、私だったら初めて見た術式だってすぐに憶《おぼ》えるわよ」

サラの言葉にムーノはムッとする。

「……はっ、そりゃ貴族のお嬢様は頭の育ちが違うからな。生まれたときから英才教育を受けてりゃ、術式を憶えるのだってさぞ楽だろうよ」

「なっ……」

「あーあ、オレだって貴族に生まれてたら、文字憶えるのにこんな苦労しなかったぜ」

肩をすくめるムーノに、サラは怒りで身体《からだ》を震わせる。

「私だって……好きで貴族の家に生まれたわけじゃないわ！」

その声は、それまでで一番大きかったのに、震えすぎて一番力がないように思えた。

ムーノは驚いたようだったが、すぐに白けたようにため息をつくと席を立った。

「わけわかんね……そんな恵まれてて、なにが不満なんだよ」

「ムーノ！」

「ムーノさん！」

レントとディーネが止めるのも聞かず、ムーノはそのまま教室を出て行った。

そして、次の日、ムーノは授業に出てこなかった。

○

放課後、レント、ディーネ、サラの三人は寮のムーノの部屋に向かった。

サラは気まずそうに、レントとディーネの後ろを歩いている。

「ムーノさん、大丈夫でしょうか」

「ミリア先生の話だと風邪《かぜ》ってことだったけど……」

ディーネとレントの言葉に、サラは小さく鼻を鳴らす。

「ふん、そんなわけないわよ。どうせ文字を憶えられないのが嫌になって――なによ」

途中でディーネの膨《ふく》れっ面《つら》に睨まれて、サラは言葉を止める。

「もうっ、ムーノさんと顔合わせてそんなふうに言ったりしないでくださいねっ」

「わ、わかってるわよ……」

サラは気まずそうに頷《うなず》く。

サラがディーネに押されるのも珍しい光景である。

サラ自身も言いすぎたと思っているのだ。

レントは二人の様子を見て苦笑しつつ歩を進めて——目的の部屋の扉が開くのに気づいて足を止める。

「どうしたの、レント」

「しっ、見て」

小声で言い、指をさす。

見れば、ムーノが部屋から出てくるところだった。

辺りを見回すようにしてから、寮の街側の出口のほうへ歩いていく。

いつもは着崩している制服を、やけにしっかりと身につけていた。

「……なにあれ。仮病ならせめて部屋でおとなしくしてなさいよ」

「誰かに会いにいくのかな？」

「デートですね！」

ディーネがキラキラした目で声を上げた。

「あんなにしっかり服を着て、周りを気にしながら出かけるんですから、デートに決まってますっ」

「ディ、ディーネ？　なんでそんなにテンション高いの？」

「行きましょう！　後をつけますよ！」

フンスッと鼻息荒いディーネに引っ張られるようにして、レントとサラもムーノを追いかける。


王都の街を歩いていくムーノ。

その後を隠れながら追いかけるレント、ディーネ、サラの三人。

「目的地は決まってる感じね」

「やっぱりデートですよ。待ち合わせの場所に向かってるんです」

「そうかなぁ……」

「あ、お店に入りました！」

そこはパンとお菓子を売っている店だった。

三人が窓から覗《のぞ》き込《こ》むと、ムーノは店員の女性となにやら話をしている。

「ひょ、ひょっとしてあの人がデートの相手でしょうか？」

「ありそうね」

「そうかなぁ」

「あ、手を握《にぎ》ってます！」

よく見れば手を握っているのではなく、商品を受け取っているだけだった。

ムーノは両手に山のようにパンとお菓子が詰まった紙袋を抱《かか》えて店を出る。

レントたちは慌てて路地に隠れた。

「ずいぶんたくさん買ったわね」

「き、きっと食欲旺盛《しょくよくおうせい》な彼女さんなんですよ」

「そうかなぁ……」

レントはだんだん疑問に思えてきた。

ムーノはそのまま道を進み、王都の外縁《がいえん》までやってくる。

この辺りになると道は細くなり、古いボロボロの建物が多くなる。

あまり安全とは言えない場所ではある。

「こんなところをデートの集合場所にするかしら」

「そうですね……」

「あ、建物に入るみたいだよ」

レントが指摘したとおり、ムーノは、周りに比べれば比較的大きくて丈夫そうな建物に通じる柵《さく》をくぐった。

それと同時に、その建物からわっと大勢の子供が飛び出してくる。

「ムーノ！」

「ムーノにいちゃん！」

「ムームー！」

口々に彼の名前を呼びながら、飛びつく子供たちをムーノは笑顔で受け止める。

「おう、元気かお前ら」

「いい匂《にお》い！」

「それなに？」

「美味《おい》しそう！」

子供たちは即座にムーノが抱えている紙袋に注目する。

「落ち着け！　この食い物は逃げねえぞ」

ムーノはそう言うと、紙袋からパンやお菓子を取り出し、子供たちに渡していく。

子供たちは目をキラキラさせてそれを受け取っていく。

「おや、思ったより早かったな」

建物から杖《つえ》をついた老人が出てくる。

「おう親爺《おやじ》。まだくたばってなかったか」

「はっはっは、お前より先にくたばってたまるか」

「冗談じゃねえぜ。そんなに長生きしたら尻尾《しっぽ》が生えてくるぞ」

軽口を交わし合う二人。

どうやらここはムーノが暮らしていた孤児院のようだ。老人は院長なのだろう。

「ちょっと時間が空《あ》いたんでな。顔見にきたんだよ。みんな元気そうだな」

「ああ。なんも問題ねえよ」

ムーノと院長は子供たちを眺《なが》めながら言葉を交わす。

子供たちはムーノが持ってきたパンとお菓子に夢中だ。

そんな様子を眺めていたレントたちは小声で言う。

「帰ろうか」

「そうね……」

「そうですね……デートじゃなかったみたいですし」

「こだわるね」

ディーネの言葉にレントは苦笑する。

と、そのとき、子供の一人の声が耳に飛び込んできた。

「ねーね、ムーノはすごい魔法使いになったの？」

「…………」

ムーノの答えは聞こえてこない。

レントたちはふたたび彼らの様子を窺《うかが》う。

子供の問いに、息が詰まったように言葉を返せないムーノ。

そんな彼にほかの子供たちも無邪気に問いかける。

「どんな魔法使えるようになったの？」

「なにかやってみせて！」

「ねえ、魔法使いってドラゴンも倒せるんでしょ！」

「ムーノもドラゴンやっつけられる？」

「あ、ああ……」

ムーノは引きつった笑みを浮かべ、曖昧《あいまい》な頷きを返すだけ。

その表情を見て、レントは悟った。

ムーノはたぶん、Aクラスとの交流授業で自分だけが活躍できなかったことをずっと気にしていたのだ。そして、周りに比べて自分の魔法の学習が遅れているのは、文字が読めないせいだと考えている。

そこに昨日のサラとの激突なのだから、授業を休みたくなる気持ちもわかる。

「お、オレは……」

子供たちの言葉に答えられず、ムーノが拳《こぶし》を握りしめる。

悔《くや》しさをにじませる彼の表情を見て、レントは思わず飛び出していた。

「当たり前じゃないか！」

「れ、レント⁉」

目を丸くするムーノ。

レントは子供たちに向かって続ける。

「ムーノは天才だよ。ドラゴンだってきっと倒せる。俺たちの大事な仲間だ」

「お前、どうして……って、サラとディーネも！」

仕方なく出てきた二人を見て、ますます目を丸くするムーノ。

どうやって言い訳しようかと考えているところへ、思いもよらない声が響いた。


「それなら、僕と勝負しようじゃないか！」


レントやサラ、ディーネのさらに背後から、シフルが姿を現した。

「あなた、なんでこんなところに……？」

「ふんっ」

小バカにするような笑みを浮かべながらシフルは言う。

「べつに君らをつけてきたわけじゃない。たまたま散歩していたら見かけたんだ」

「なるほど、俺たちの後をつけてきたのか」

「僕の話聞いてる⁉」

思わずレントにツッコむシフルだが、咳払《せきばら》いをすると気を取り直したように続ける。

「……僕がここにいる理由なんかどうでもいい。それより勝負だ。君の実力をそこのガキどもに見せつけてやるいいチャンスじゃないか、なあムーノ」

「…………」

嫌味《いやみ》ったらしく笑うシフルをムーノは睨む。

どうやらシフルが最近おとなしかったのは、Cクラスにちょっかいを出すのをやめたわけではなく、こういう機会を狙《ねら》っていたかららしい。

「なんて姑息《こそく》な……」

「ここまでくるとむしろ清々《すがすが》しいわね」

「もしかしたら商売人に向いてるかもしれませんよ」

「うるさいなぁもう！」

レントたちにいっぺんにツッコんでから、シフルはムーノに向き直る。

「さあ、どうするんだ？」

「受けることないわよムーノ」

「そ、そうですよ。きっとわざとムーノさんを狙ってるんですよ」

たしかに、ムーノは地属性魔法が得意で、シフルの風属性魔法には弱い。

それに、シフルの策略でCクラスに入っただけで実力はAクラス並みのサラや、交流授業でとんでもない底力を見せたディーネ、よくわからない（と思われているだろう）レントに比べれば、まだ発展途上のムーノは扱いやすいと思われても仕方ない。

ムーノはシフルの言葉に気落ちしたように言う。

「いや、オレは勝負なんて――」

「受けなよ、ムーノ」

その言葉を遮《さえぎ》ってレントは告げた。

「子供たちの前で貴族に恥をかかせるわけにはいかないなんて配慮《はいりょ》はいらないよ。むしろ、挑戦を受けないほうが失礼だ。遠慮せずぶっ飛ばしてやればいい」

「な、なんだとっ……」

煽《あお》るようなレントの言葉に、シフルは顔を真っ赤《まっか》にする。

「お、おいレント」

ムーノは不安げにレントを見るが、周りの子供たちは一気に盛り上がる。

「やったー！　ムーノの魔法見られる！」

「あっちの人も強いの？」

「まあそれなりだね」

レントがさらっとそう答えると、シフルの顔がますます赤くなる。

「ムーノにいちゃん！　がんばって！」

「ムーノがんばれ！」

子供たちの合唱に押されて、ムーノはやけになったように叫ぶ。

「……おっしゃ————！　よく見てろよお前ら！　オレの天才的な魔法を披露《ひろう》してやるぜ！」

わ——！　と盛り上がる子供たち。

サラとディーネは呆《あき》れ顔《がお》と不安顔で、お互いの顔を見合わせた。

孤児院の庭は魔法バトルをするには狭《せま》いので場所を移動することになった。

子供たちはムーノやレントだけでなく、ディーネやサラ、シフルにまでまとわりついて話しかけてくる。

ディーネは慣れた様子で子供たちと会話を交わし、サラはちょっと戸惑《とまど》いつつも無難に返事をしている。

シフルは『ええい、まとわりつくな、鬱陶《うっとう》しい！』と追い払うのだが、数人の女の子がしつこく食い下がっていた。どうやら見た目でモテているっぽい。

まあ三人の男子の中で一番『憧《あこが》れの王子様』っぽい外見なのはシフルである。

ちなみに院長は夕飯の支度《したく》があるとのことで孤児院に残っていた。

「おい、レント。どうすりゃいいんだ……」

シフルから少し離れて、ムーノがレントに小声で訊《き》いてきた。

「勢いであんなこと言っちゃったけど、正直勝算なんか全然ねえぞ」

「大丈夫、ムーノならできる」

「そんなこと言ってもよ」

ムーノの不安な様子はなくならない。

「これから向かうところって、郊外の遺跡だよね？」

「あ、ああ。よく知ってるな」

王都の南側には、古い時代の遺跡が残っている。

と言っても、保存状態が悪く、すでに価値ある品も運び去られているため、朽《く》ちるに任せている場所である。

大陸にはあちこちにそういった遺跡が点在していた。

「実家から王都に来るときに通ったから。それよりね、あそこで戦うなら――」

とレントはムーノに小声で告げる。

ムーノはなおも不安そうだったが、ひとまず頷いた。

「……わかった。やってみるぜ」

○

「さあ、この辺りでいいだろう」

シフルが言った。

レント、サラ、ディーネ、ムーノ、シフル、それに孤児院の子供たちは、王都の郊外にある遺跡に到着した。

建物の形が残っているのはごく一部で、ほとんどは崩れ果て、壁の一部や床しか残っていない。

そんな遺跡の、広場のような場所にシフルが立つ。

「じゃあ始めようか、ムーノ」

「ああ……」

小バカにするように名前を呼んでくるシフルに頷き、ムーノも前に出る。

「ムーノ、がんばれー！」

「がんばえー！」

「負けるなー！」

「シフル様もがんばってー！」

子供たちからムーノへ応援が飛ぶ。数人シフルの側になっているが。

「だ、大丈夫でしょうか」

ディーネは不安そうだ。

「大丈夫。ムーノならきっと勝てる」

「そうかしら」

レントの言葉に、サラは微妙な表情だ。

「あいつ、いまだに簡単な術式も憶えられてないじゃない」

たしかに、ムーノは読み書きができなかったせいで、Cクラスの中でも魔法の学習が遅れがちだ。

だが、彼は決して頭が悪いわけではない。

授業でとったノートを見せてもらったときのことをレントは思い出す。

ムーノは、文字が書けなくても魔法のことをしっかり理解している。

レントは個人的に、現代魔法は文字に頼りすぎだと感じていた。

文字の組み合わせで術式を成立させ魔法を発動するやり方は、たしかに効率《こうりつ》がいい。

面倒な手順を省略できるし、術式さえ合っていれば魔法は確実に発動される。

しかし、そのやり方だと、魔力がどう変化して魔法を発動したかを意識する必要がなくなってしまう。面倒な変換を術式がやってくれるからだ。

一方、レントが学んだ古代魔法は、シンプルな術式が多い。

その分、魔力を術式に流す操作が増える。

面倒で手間がかかるが、その分、魔法の大部分を自分で把握《はあく》することができる。

どちらの方式が絶対的に優《すぐ》れているというわけではない。

ただ、今のムーノには、後者に近いやり方が向いている。

さっきレントはそのコツをムーノに伝えたのだ。

「いくぞ——ウィンドブラスト！」

シフルが風属性・第二位階魔法を発動した。

衝撃波のような風が巻き起こり、ムーノを狙う。

「……ソイルバースト！」

ムーノが対抗するように地属性・第一位階魔法を発動する。

地表の土や石を弾《はじ》けさせる、超初級の魔法だ。

しかし、それでもシフルの魔法を足止めする役には立つ。

ウィンドブラストの動きが弱まっている間に、ムーノは退避する。

「小賢《こざか》しいなっ！　ウィンドショット！」

シフルが続けて風属性・第一位階魔法を発動。

小さな風の球を撃ち出す魔法だ。

シフルはそれを大量に発生させ、ムーノに向けて放つ。

「ソイルバースト！」

ムーノはふたたび同じ魔法を発動する。

今度は遺跡の一部の石材が破裂《はれつ》して、シフルの風の球を防いだ。

「なんだ、逃げまわるだけか！　そのしょぼい地魔法で僕に勝てると思ってるのか⁉」

「さあな！」

ムーノは挑発に乗らない。

それからもしばらく一方的な展開が続いた。

シフルが風魔法を発動し攻撃。それをムーノが地魔法で防ぎながら逃げる。

もともと、地属性は風属性に弱い。攻撃を弱め逃げる隙《すき》を作るのが精一杯で、ムーノがシフルに反撃する余裕はまったくなかった。

「ほらほら、どうした！　手も足も出ないみたいだな！」

「っ！」

調子に乗って魔法を連撃するシフル。

「ムーノ、負けそう……？」

子供の一人が不安そうに言った。

最初は元気に応援していた子供たちだが、いつの間にか静かになってしまっていた。

みんな、悲しそうな顔でレントたちを見上げてくる。

サラとディーネの表情も冴《さ》えない。

「これは……」

「よくやってるとは思うけど……これ以上はキツいわね」

ただ一人、レントだけは笑みを浮かべながら子供たちに告げる。

「大丈夫だよ。ムーノは負けない。戦いはこれからだ」

「ほらほらほら！　反撃しないのか！　――む」

シフルはウィンドショットの連撃をいったん止めた。

土煙《つちけむり》が舞い上がって視界が悪くなり、標的の姿が見えなくなってしまった。

「ちっ……ウィンドブラスト」

シフルは風を起こし、土煙を払う。

視界がクリアになったが、今度はムーノの姿が見当たらない。

「なんだ、逃げたのか？　勝てないとわかったら、さっさと降参したらどうだ！」

呼びかけるが、答えは返ってこない。

「……っ！」

そのとき、背後で気配がしてシフルは振り返る。

しかし、遺跡の壁から石が転がり落ちただけだった。

息をついた瞬間、また背後に気配を感じて振り返れば、また石が地面に落ちる。

「……？」

さすがに違和感を覚え、シフルは周囲を警戒する。

「な、なんだ……？」

周囲の石がカタカタと動きながらシフルに近づいてくる。

まるで意思を持った生物のように集まってくるのだ。

「うまくいったぜ」

「ムーノ！」

遺跡の陰からムーノが姿を現した。

「ウィンドショット！」

シフルは魔法を放つ。

が、それはムーノの手前に出現した石壁によって阻まれる。

「なっ⁉」

地属性魔法、ソイルウォール……に見えた。

しかしムーノが術式を発動させた様子はない。

しかも、魔力量も精度もさっきとは比べ物にならない。

急に別人に入れ替わったような技術の向上だった。

「ど、どうなっている！」

「準備が終わったんだよ」

ムーノは笑みを浮かべる。

「さっきまでは周りの地面や石に魔力を流し込んでたんだ。そうすれば、術式を介《かい》さなくても、魔法を発動させせられるだろ？」

「なっ……」

理屈はわかる。

周囲の物質に干渉《かんしょう》するタイプの魔法を使うと、物質に魔力が残留する。

保有する魔力量が多い物質は魔法で扱いやすい。ましてや、今回はムーノ自身が持っていた魔力だから、より効果が高い。

しかし、普通の魔法使いはそんな魔法の発動方法は行わない。

術式を使ったほうが効率がいいからだ。

ムダな時間と労力をかけず、魔力を効率的に魔法の発動に利用するために、研究されてきたのが術式なのだ。

それを利用せず、魔力を直《じか》に魔法へ変換しようとするなど、ムダもいいところ。

そんなの……。

「そんな魔力の使い方、モンスターと一緒だろうが！」

思わず叫ぶシフル。

「そうなのか？」

しかし、ムーノは気にした様子もなく、むしろ楽しそうに笑みを浮かべた。

「だったら、そのほうがオレの性《しょう》に合ってるんじゃねえかな。オレはあんたみたいなご立派なお貴族様じゃないんでな！」

「っ！」

周囲の石材がいっせいに浮かび上がり、すごい勢いでシフルに向かって飛んでくる。

「う、ウィンドブラスト！」

シフルは慌《あわ》てて魔法を発動するが、石材を抑えられない。

ムーノが使っているのは地魔法だが、シフルに飛んでくるのは現実の物質だ。

シフルの威力の弱い風魔法では、止めるのが難しかった。

「くそっ！」

シフルは毒づき、その場から退避した。

「ウィンドプレートっ」

足の下に風を起こし、身体を前に跳《と》ばすように移動。

遺跡の中でも比較的形が残っている建物の門をくぐり中に入る。

ガン！　ガン！　ガン！

と飛んできた石材が建物の壁にぶち当たる音が聞こえる。

「ひぃい！」

思わず悲鳴を上げる。

「くそっ……場所が悪い！　こんなところじゃあいつが有利すぎる！」

そもそも、風魔法が得意な自分が、地魔法が得意なムーノに勝負を持ちかけた時点で自分が相当有利だということも忘れて文句を言うシフル。

しかし、連続して魔法を放ったせいで、使える魔力も減っていた。

このままでは負けてしまう。

「冗談じゃない。僕が負けるなんて……」

頭を抱えているところに、不意に声が聞こえた。

『負けなければいいのだろう』

肉声ではない。

風魔法でどこからか声を飛ばして、シフルにだけ聞こえるようにしている。

そして、その声は……。

「ルイン殿下っ？」

同じAクラスの王子だった。

『大きな声を出すな』

「あ、すみません……しかし、殿下がどうしてここに……？」

『そんなことはどうでもいい。それより、君が負けるのは私にとっても面白くない。Aクラスが C クラスに負けたという噂《うわさ》がこれ以上広まっては、王国の魔法制度への信頼も揺らぎかねない』

「はい……申し訳ありません」

『しかし、私が手を貸して君が勝っても、公正な勝負とは言えない。それはそれでよくない噂が流れることになるかもしれない』

「では、どうすれば？」

『勝負をうやむやにしてしまおう。なに、私に任せるといい。君はその場でなるべくムーノくんや、見物客の皆を引きつけてくれたまえ』

「は、はい！　承知いたしました！」

自分より偉《えら》い相手からやるべきことを与えられ、とたんに冷静さを取り戻すシフル。

ルイン王子が手助けしてくれるなら安心だ。

そう思い、シフルは建物の入り口から外に顔を出す。

「どうした！　僕はここだぞ！　壁一枚あるだけで攻撃できないのか！　それとも反撃が怖くて近づけないか！」

「ふん、なに言ってやがる。あんたこそ、反撃しないのかよ」

言いながらムーノが建物に近づいてくる。

レントたちや子供たちも後から追いかけてくる。

ルインの指示どおりになっていることに、シフルは安堵《あんど》する。

（これで殿下が手助けして、ムーノに隙をつくってくれるんだろう。そこに僕が魔法を叩き込めばいい……）

しかしシフルは勘違いしていた。

ルインは、シフルを勝たせてやるとは言っていない。

勝負をうやむやにしてしまう、と言っていたのだ。

そして、その手段に関しては一言もシフルに知らせていない。

どういう結果が待ち受けているかも知らずに、シフルはさらにムーノを誘い込む。

「ウィンドショット！」

建物の壊れた壁の隙間から風魔法を放つ。

「そこかっ！」

ムーノがシフルの位置を察し、石材を放ってくる。

狙いをつけるため、だんだん近づいてくる。

（そろそろ、お願いしますよ、殿下……！）

その思いが通じたかのように、どこかにいるルインが魔法を発動させる。

風魔法のようだった。

シフルが発動したように見せかけるためだろう。

しかし、その魔法はムーノに向けられてはいなかった。

バキッ！　と不吉な音が響いた。

「…………へ？」

シフルは音が響いたほうを見上げて、目を丸くする。

建物の天井部分が崩れてきていた。

「え？　あれ？」

シフルは一瞬思考が停止する。

動けたのは、ムーノの怒鳴《どな》り声が聞こえたからだ。

「おい！　なにぼんやりしてやがる！　避《よ》けろっ！」

「……っ！」

シフルは慌てて身体を動かす。

直後、さっきまで彼がいた地面に大きな石材が音を立てて激突した。

「え？　なんで、殿下、なんでですか……？」

いまだに事態を把握できないシフル。

ルインが近くにいることを知らないムーノのほうが判断は早かった。

「おい！　バトルは中止だ！　早く逃げるぞ！」

「え？　しかし……」

「なにぼやぼやしてるんだよ！」

その間にも建物はどんどん崩れていく。

その破片は建物の外にも飛んで、レントや子供のほうへも落ちていく。

「くそぉ！」

ムーノはそちらへ駆けていく。

そして夢中で魔法を発動した。

今のバトルで自分が魔力を流した物質を集め、とにかく組み上げる。

落下する石材を食い止められればそれでいい。

「おおおおおおお！」

ありったけの魔力が流し込まれ、ゴーレムが生み出された。

形はいびつだし、顔があるわけでもない。伝説に伝わる、人の命令を自律的に実行する人工生命体と同じとはとても言えないが、それでもその巨大な姿は、ゴーレムを思い起こさせるに充分だった。

「な、な……っ」

シフルは驚愕《きょうがく》する。

「お前……術式もなしで、なんでそんなことができる⁉　化け物かよっ！」

「知らねえ！　化け物でもなんでもいいからあんたも手伝え！」

「む、ムチャ言うな。僕にはもうほとんど魔力が残っていない！」

「いいからやれ！　じゃねえと、こいつで踏《ふ》み潰《つぶ》すぞ！」

「ひぃい！」

ゴーレムに襲われるくらいなら魔力を絞《しぼ》り尽《つ》くすほうがマシだ。

シフルは必死で魔法を発動させる。

「う、ウィンドブラストっ！」

風魔法を放ち、落下してくる石材を吹き飛ばす。

「おら、いくぞ！」

「あ、ああ……」

そうしてできた脱出路を、ムーノとシフルは出口に向かって走る。

崩れそうな出口はゴーレムが支《ささ》えてくれた。

その下を通って外に出る。

「みんな、大丈夫か！」

「大丈夫。二人は？」

子供たちとサラ、ディーネは、レントが発動した地魔法の防御で守られていた。

落下してきた石材が当たっても、そのドーム状の防壁はビクともしない。

「ふう……」

安堵の息をつくムーノ。

「ムーノ！」

そこへ、子供の一人が駆け寄ってきた。

「ダイヤ、危ない！」

レントが作った防壁と、建物の崩落を抑えているゴーレムの間には隙間があった。

子供がそこを通ったタイミングで、建物の石材が落下してきた。

「ひっ！」

ダイヤは恐怖に、その場から動けなくなってしまう。

「シフル！　頼む！」

ムーノが思わずといった感じで声を上げる。

「任せろ！」

シフルも、よけいなことを考える暇なく答える。

身を躍らせ、魔法を発動。

「ウィンドブラスト！」

風が巻き起こり、石材の落下を抑える。

その間に、シフルはダイヤを抱え、その場を離れる。

「大丈夫かっ」

「は、はい……」

何度も頷くダイヤに、シフルはホッと息をつく。

「早く避難しよう」

サラとディーネとシフルが子供たちを移動させ、安全な場所に移ってから、レントとムーノが移動する。

魔法の支えを失った石材が一気に崩れ、遺跡は瓦礫《がれき》と化してしまった。

「はぁ……はぁ……」

地面に座り込み、荒い息をはくムーノ。

彼は信じられない様子で自分の手を眺めていた。

「やったね、ムーノ」

そんな彼に、レントは声をかける。

「ああ……オレでも、あんな魔法が使えるんだな……」

確かな手応えを感じるように、ムーノは手を握りしめる。

それから彼は、すぐ横で自分と同じように息を荒らげているシフルに話しかける。

「さっきは助かったぜ」

「ちっ」

シフルは小さく舌打ちした。

「庶民を助けるのは貴族の義務だ。僕は義務を果たしただけだ」

そう告げると、シフルは逃げるように走り去っていった。

「ムーノ」

その後ろ姿をニヤニヤしながら眺めていたムーノに、サラが呼びかける。

「ん？」

「その……昨日はごめんなさい」

そう言って頭を下げる彼女に、ムーノは驚く。

「お、おい。なんだ。貴族のお嬢様が庶民に頭なんか下げるなよ」

「その傲《おご》りが、私にあんな態度をとらせたのよ」

サラは唇《くちびる》を噛《か》む。

自分の持っている力を使うべきかと悩むレントに憤《いきどお》った。魔法の術式の憶えが悪いムーノに腹を立てた。

どちらも、魔法の才能があるとかないとか、どちらが強いか弱いかとかにこだわっていた自分のせいなのだ。

だが、ムーノは魔法の才能がないわけではなかった。

術式を憶えるのが苦手だっただけで、あれだけの魔法を生み出すことができる。

術式なしであそこまでできるというのは、術式に頼るサラや、現代の多くの魔法使いよりも魔力の扱いが優秀とも言える。

それをレントは見出《みいだ》したのだ。

サラでは気づけなかった。

危うくムーノの才能を潰すところだった。

「本当にごめんなさい」

思ったことを話し、改めて謝るサラに、ムーノは苦笑する。

「あー……まあそんな気にするなよ。オレもちょいちょい失礼なこと言ってるし、お互い様だろ」

「ムーノ……」

サラは安堵の息をつく。

が、そこでディーネが横から言ってくる。

「いえ、ムーノさんはちょっと女性に対する発言を気をつけたほうがいいと思います」

「え、なに？」

「この前も、わたしがちょーっと多めにサラダをとったら『すごいたくさん食べるんだな』とか言ってきて――」

「わかる！　ムーノはそういうところあるのよね」

「待て待て！　オレ謝られてんの？　責められてんの？　どっち！」

二人の女子に詰め寄られるムーノを見て、子供たちがレントに言ってくる。

「ムーノ、モテモテだね？」

「ははは、そうだね――っ？」

子供たちと一緒に笑いながら三人の様子を見ていたレントだったが、不意に妙《みょう》な魔力の揺れを感知して、目を向ける。

しかし誰もいなかった。

「……気のせいかな」

レントは首をかしげる。


その様子を離れたところから眺めている男子生徒がいた。

遺跡を風魔法で崩落させたルイン王子である。

彼の表情は、多くの生徒の前にあるときと違い、憎々《にくにく》しげなものだった。

「Aクラスの敗北は防ぐことができたが……Cクラスと馴《な》れ合《あ》うとは、恥知らずな」

シフルが立ち去ったほうに向けるルインの目は、仲間ではなく、裏切り者に向ける目だった。

彼の目はすぐにムーノ、サラ、ディーネと移り、最後にレントで止まった。

「レント・ファーラント……憶えていろ」

小さく呟《つぶや》くと、彼はその場をそっと立ち去った。

第5話 まだまだ発展途上だけど英雄です

E, MINNA KODAIMAHO TSUKAENAINO!!???

マナカン王国の王都では、月一で大市が開かれる。

各地から集まった商人が珍《めずら》しい品を持ち込んで売り買いする。道のあちこちに露店が開かれ、まるでお祭りのような賑《にぎ》わいとなる。特に春のこの時期の大市は規模が大きく、新入生の入学以降のゴタゴタが落ち着いてきた魔法学園の敷地にも出店が並ぶ。

「すごい！」

レントは中庭の訓練場いっぱいに並ぶ屋台を見て目を丸くする。

「こんなのクォーマヤ地方じゃ見たことないよ！」

レントの実家があるクォーマヤ地方では、年に一度の降神祭《こうじんさい》でも、ここまで大規模ではない。

「よし、全部食《た》べよう！　食べ尽くそう！」

テンションが上がってそんなことを言ってしまう。

王都に住んでいたサラ、ディーネ、ムーノにとっては珍しい光景でもないらしく、三人は落ち着いている。

ムーノに呼ばれて学園にきた孤児院の子供たちと、ディーネの妹のミヅハは、レントのテンションに合わせて、

「「「おー！」」」

などと声を上げている。

と、そこへ声がかけられた。

「まったく、田舎者丸出し《いなかもの》じゃないか、レント・ファーラント」


現れたのはAクラスのシフル・タンブルウィードだった。

腰に手を当て、相変わらずムダに偉《えら》そうなポーズである。

「シフルじゃないか。なんの用？　一緒に回る？　全部食べる？」

「ええい、そのウザいテンションはやめろ」

虫を払うように手を振ってから、咳払《せきばら》いをしてシフルは言う。

「そこに、我がタンブルウィード家が出品している出店がある。遠方の珍しい食べ物や飲み物を紹介し、試食や試飲もできるのだ」

「へえ。そういう商売もやってるんだ」

「魔法省の運営には金がかかる。国庫だけでは賄《まかな》えんのだ……ってそんな話はどうでもいい。そこにお前らを招待してやろう。本来なら金を取るところだが、全て無料でかま

わん」

「……どういった風の吹き回しかしら？」

「そう警戒するような顔をするな、ブライトフレイム嬢。これはその……つまり、あれだ……」

サラの疑問に、シフルはだいぶ言いよどんでから、小さくポツリと告げた。

「……お詫《わ》びだ、これまでの」

タンブルウィード家が出品している出店は、中庭の屋台の中では一番豪華で場所も広くとっていた。屋台というよりは仮設の店舗で、完全に室内の飲食店といった感じだ。制服を着たウェイターやウェイトレスが給仕をし、けっこう賑わっていた。

「いいにおいー！」

孤児院の子供たちが鼻をひくつかせて声を上げる。

たしかに、あまり嗅《か》いだことのない不思議な香りが漂《ただよ》っていた。

「ん、なんだお前たちは」

ウェイターが子供たちを見て怪訝《けげん》な顔をする。

たしかに店内にいるのは比較的小綺麗《こぎれい》な格好の大人ばかり。中上流階級の顔合わせの場にもなっている様子だった。

「いいんだ。僕の客だ」

「し、シフルぼっちゃまっ！」

シフルが声をかけると、ウェイターは驚いて頭を下げた。

シフルは皆をテーブル席に案内すると、ウェイターにいくつか試食品を持ってくるように告げた。

ほどなくして、大量のお菓子と紅茶が運ばれてくる。

「すっごーい！　シフル様、これ全部食べていいんですか？」

「ああ、好きなだけ食べたまえ」

先日、石材の崩落《ほうらく》からシフルに助けられたダイヤが問うと、シフルは頷《うなず》いた。

そのとたん、子供たちはいっせいにお菓子に飛びつく。

「お前たちも、遠慮なく食べてくれ」

レントたちも言われるままにお菓子を口にする。

「あ、美味《おい》しいです……」

「ほんと、不思議な味だけど、美味しい」

ディーネとサラが呟《つぶや》く。

「南方の調味料を入れたクッキーだ。値段が張るので、初めは貴族向けに売り出すつもりらしいがな」

「そ、そんな高価なもの、頂いてしまってっ」

「いいんだ。お詫びだと言っただろう」

そう告げると、シフルはレントたちに頭を下げた。

「すまなかった。これまで君たちには散々《さんざん》失礼な態度をとってきた。許してくれとは言わないが、お詫びだけはさせてほしい」

そしてシフルはサラに向き直ると、

「特にブライトフレイム嬢にはとんでもない迷惑をかけてしまった。今からでも学園に掛け合い、Aクラスに編入させるように——」

「いいわよ、べつに」

シフルの言葉を遮《さえぎ》って、サラは言った。

「私は今からでも実力でAクラスに上がる自信があるわ。不自然に編入して、タンブルウィード家のコネを使ったと思われたくない」

「そうだな……すまない」

「ま、かまわないわ。あなたがこれ以上私たちによけいなちょっかいを出してこないと約束してくれるなら」

「あ、ああ。もちろんだ！」

シフルは何度も頷いた。

「ところで」

とディーネが言ってくる。

「シフルさんはサラさんに婚約を断られたから、サラさんをCクラスに入れさせたんですよね？　その話はどうなるんです？」

ディーネとしては、二人の結婚話が気になるらしい。

ムーノの後をつけたときといい、そういう話題が好きなようだ。

「そ、それは……」

気まずそうに顔を背けたあと、シフルは答える。

「言い訳をするわけじゃないんだが、あれは僕の意思じゃない」

「……どういうこと？」

「い、いや、決してブライトフレイム嬢に魅力がないという意味じゃなくてだな！」

威圧的な声を発するサラに慌ててそう言ってから、シフルは話し始める。

「あれは、王室からもらった話だったんだ。タンブルウィード家とブライトフレイム家が結びつけば、魔法省はより強い力を得られるから」

「変ね。それならブライトフレイム家のほうにも話が来てそうなものだけど」

「ブライトフレイム家は王国軍を指揮する第二王子と結びつきが強いだろう？　第二王子には知られたくなかったんだ。タンブルウィード家に接触してきたのは、第五王子の

「……ルイン殿下だ」

「なるほどね」

シフルとサラは難しい話をして、二人で勝手に納得している。

ムーノが首をかしげる。

「つまり、どういうことだよ？」

「シフルはルイン殿下の使い走りだったってことじゃないかな」

「おお、なるほど！」

「それはっ！　……いや、そのとおりだ」

レントの言葉に反論しかけるシフルだが、これまで散々迷惑をかけた手前、強くは言えない。

「……この前、遺跡を崩したのも殿下だ。勝負をうやむやにして、Ａクラス——僕の敗北をなかったことにしようとした」

「本当に？」

サラは目を丸くする。

レントも驚いていた。たしかにあの王子はＣクラスの面々を上から目線で見ているところがあったが、そこまでするとは思わなかった。

「ルイン殿下は僕以上に血統と秩序《ちつじょ》を重んじる方だ。魔法技術とその使い手は国が完璧に統制すべきだと考えておられる」

「なんだか知らねえけど、お偉《えら》いさんの都合であんなことされちゃたまんねえぜ」

ムーノの言葉にシフルは頷く。

「お父様にもこのことは伝えた。タンブルウィード家としても、ルイン殿下との付き合い方は再考すると言っていた。僕も殿下とはちょっと距離を置いている」

「それだと、シフルのAクラスでの立場が悪くなるんじゃない？」

レントは入学式でのルインの人気ぶりを思い出す。

国民からの人気は王子の中で彼が一番高い。そんな王族と疎遠《そえん》になるのは、貴族としては得策ではないだろう。

「ふん、僕にだってプライドはある。あんな子供を危険にさらすことを躊躇《ちゅうちょ》しない方についていくことはできないさ」

「あなたにはプライドしかないと思うけど」

「くっ……ぐぬぬっ」

シフルはサラに言われて悔しそうに呻《うめ》くが、やはり言い返せない。

サラは笑みを浮かべて言う。

「冗談よ。でも、安心したわ。タンブルウィード家のご子息が、底抜けのバカじゃないことがわかって」

「まあ、この行動のほうがバカなのかもしれないけどな」

　皮肉げに笑うシフル。

　そんな会話を続ける彼らの横で、子供たちも盛り上がっていた。

「——それで、ダイヤの上に、こーんな大きな石が落ちてきたの。そこにシフル様が風魔法を使って、助けてくれたんだよ！」

「すごいっ！」

　子供たちは、ミヅハにシフルの活躍を話して聞かせていた。

「そしてシフル様は言ったの。『当然のことをしたまでさ。力なき者を助けるのが、貴族に生まれついた僕の義務だからね』って」

「きゃー！　かっこいい！」

　だいぶ誇張《こちょう》された活躍を話して聞かせている。

　ミヅハは身体《からだ》を震《ふる》わせて感激している。

「いや、待ちたまえ君たち。僕はそこまで言ってなかったはず——」

「シフル様！　あなたは私の理想の騎士さまです！　結婚してください！」

　ミヅハが有無を言わさぬ口調で告げた。

「……は？」

「あ、ズルい！　シフル様、ダイヤとも結婚して！」

「わたしとも！」

「わたちがせいさいです！」

「……いや、その、落ち着きたまえ！」

ちびっ子たちに言い寄られ、シフルは困り顔だ。

女の子に続いて、男の子も彼に群《むら》がる。

「シフルにいちゃん、俺も魔法使えるかな！」

「シフルさんみたいな、かっこいい魔法使いになりたいです！」

「シフルお兄さん！」

「シフル！　ボクもー！」

「……ちょっと、おい、待ってってばうわあ！」

服を引っ張られもみくちゃにされるシフル。

テンションが上がった子供たちは彼の手には余《あま》るようだった。

子供たちを止めることのできるムーノは、微妙な表情でその様子を眺めていた。

「ムーノさん、弟さんや妹さんを取られて面白くないんですか？」

ディーネの言葉に、ムーノは慌てて顔をそらす。

「べつにっ……ディーネこそいいのかよ。妹が取られちまうぞ」

「うちとしてはむしろ歓迎ですし、ミヅハが望むならいいと思います」

ディーネは余裕の表情である。

レントが店内を見回すと、中上流階級の客は怪訝な顔をしていたが、タンブルウィード家のウェイターやウェイトレスは微笑《ほほえ》ましい表情でシフルを眺めていた。

使用人には慕《した》われているようだ。彼も、根本的にはいいやつなのかもしれない。

と、そこでレントは、サラがどことなく難しい表情でうつむいているのに気づく。

「どうかした、サラ？」

「い、いいえ、なんでもないわ」

サラは慌てた様子で顔を上げると、シフルに向かって言う。

「ねえ、このお菓子、追加で頼んでもいいかしら」

「好きにしろっ！」

シフルは子供たちから逃げながら叫んだ。

○

王都で開かれる春の大市は国の内外から様々な人が訪れる。

中には素性《すじょう》の知れない怪《あや》しい者が、犯罪行為を目的に乗り込んでくることもある。

ここにも、そんな人物が一人いた。

「…………」

黒フードを目深《まぶか》にかぶり、顔を隠した人物。

小柄だということ以外はなにもわからないよう、肌を隠している。

手袋をつけた手で紐付きの布袋を背負っていた。

「……魔力が発生したのはこのへんだと思ったんだが」

カサカサに掠《かす》れた声で呟きながら、その人物は路地裏を歩く。

表通りから大市の喧騒《けんそう》が響いてくるが、この路地裏は静かなものだった。

「ふむ……？」

ふと、静かな路地裏に荒々しい音が聞こえて、その人物は顔を向けた。

そこには、汚れた路地裏には不釣り合《ふつりあ》いな、小綺麗な格好をした若者がいた。

彼は汚い身なりの男数人に囲まれていた。

「おいてめえ、それを返せ！」

男の一人が若者に吠える。

若者は、男から奪ったらしい宝飾品をかざしながら静かに告げる。

「どう考えても君たちにはふさわしくない品物だ。盗品だろう？」

「うるせえな。てめえには関係ねえだろ！」

「関係あるな。この王都はいずれ私のものになるんだ。秩序を乱す輩《やから》は見逃せない」

「ああん？　なに言ってるんだ？」

若者の言葉の意味がわからず威嚇《いかく》する男たち。

しかし彼らにそれを理解させる必要を、若者は感じなかったらしい。

「ファイアボール」

「ひっ！」

若者が放った火魔法が乱舞する。

そこらの魔法使いが放てるレベルではない、かなり威力の強いものだ。

男の一人にそれがぶち当たり、彼は火だるまになる。

「ひぃ！　あちぃ！　ぎゃあ！」

男は地面を転げまわりなんとか火を消し止める。

「やべえ、逃げろ！」

「ま、待ってくれ！」

その姿を見たほかの男たちはいっせいに逃げ出す。火傷《やけど》した男も、ボロボロになりながらなんとかその後を追った。

「…………ちっ」

男たちを見送った若者は、小さな舌打ちをして手に持っていた宝飾品を放り投げた。

どうやら若者は、正義感からというより、憂《う》さ晴《ば》らしのような気持ちで路地裏を歩き回り、不正な取引を咎《とが》めていたらしい。

（すごい魔力だ。それにあれはたしか……）

黒フードの人物はその若者が何者だったかを思い出し、密《ひそ》かに笑うと声をかけた。

「そこにおられるのは、もしやルイン殿下では？」

「誰だ」

カサカサに掠れたその声に、ルインは不審《ふしん》そうに目を向ける。

「怪しい者じゃありません」

そう言いながら姿を現す黒フードの人物。説得力は全然ない。

「殿下ともあろうお方がなにやらお腹立ちの様子。ご気分を害するようなことでも？」

「君には関係ない。さっさと失せたまえ。それともさっきの男のようになりたいか？」

「ひええ、それはご勘弁《かんべん》を。しかし、おそらく私なら殿下のお役に立てますよ」

「……くだらん」

ルインは斬って捨てるように言うと、その場を立ち去ろうとする。

その背中に黒フードの人物は声をかける。

「先ほどの魔法。魔力が少し乱れていらっしゃった。心に迷いがありますな」

「なっ」

「悲しみ……ではない。怒り、ですね。それも義憤《ぎふん》だ。殿下ともあろうお方なら当然です。私的な理由でそこまでお怒りになられるはずがない」

「君は……」

「力を十全に発揮する前に、正しくない手段で先を越された、といったところでしょうか。それはいけない。いけませんな。よりにもよって殿下に対してそのようなことをなすとは。それは相手が間違っている」

「…………」

ルインは完全に向き直って、こちらを見ている。

どうやら関心を得られたようだ。

黒フードの人物はなにも難しいことは言っていない。ルインの表情を見ながら当てずっぽうで喋《しゃべ》っただけだ。それをルインが勝手に正解だと思っただけ。インチキ占い師がよくやる手だ。

「それなら簡単な話です。私がお力をお貸しできましょう」

「ど、どういうことだ」

「殿下がより強くなればよいのですよ。相手の不正など関係なくなるくらいにね」

そう言って黒フードの人物は持っていた袋から魔道具を取り出した。

魔法学園の試験で使われた魔力測定器と少し似ている。だが、使われている宝玉は違うもので、卵のような形をしていた。

「これは……」

「〈ドラゴンの卵〉と呼ばれる魔道具です。触《ふ》れた者の潜在的《せんざいてき》な魔力を引き出し、何倍にも高められるという代物《しろもの》」

「魔力を、何倍にも……」

「人は内面に、普段使っている以上の魔力を持っていると言われます。殿下ならばきっとそれは凄《すさ》まじい量のはず。それを眠らせたままにしておくのは損失です」

「…………」

「さあ、どうぞ」

誘《いざな》うように言って、フードの人物は〈ドラゴンの卵〉を差し出した。

ルインはまるで操られるように手を伸ばし、その魔道具に触れた。

「――ぐ、ああああああああ！」

そのとたん、ルインの内側からものすごい勢いで魔力が噴き出した。

同時に〈ドラゴンの卵〉が割れ、中から黒い霧《きり》のようなものが湧《わ》き出《だ》してルインの身体を包んだ。

「な、なんだこれは……ぐ、おおおおおおおっ！」

「あははは！　まさかこんな簡単にいくとは！」

フードの人物は楽しげに笑う。

この魔道具が人の内面に眠っている魔力を引き出すというのは嘘《うそ》ではない。

ただし、本来の目的はその先にある。

引き出した魔力と反応した宝玉がさらに魔力を放出し、使用者を取り込んでしまうのだ。

「さあルイン・マナカン！　あの大逆の勇者の末裔《まつえい》よ！　自らの手でこの都を破壊するがいい！」

急激に増殖し、膨れ上がっていく黒い霧に向かい、黒フードの人物は歓喜の声を上げるのだった。

○

「た、た、大変ですルナこうちょ――ひゃわ⁉」

校長室に飛び込んできたミリア教官は、絨毯《じゅうたん》の長い毛足につまずいてその場にすっ転んだ。

奥の席に座り書類整理をしていたルナ校長は呆《あき》れ顔《がお》で彼女を見る。

「相変わらずドジじゃのう……それは一生治らんのか」

「わ、ワタシのことはどうでもいいんですよっ」

勢いよく立ち上がると、ミリアは先ほど小耳に挟《はさ》んだ話を告げる。

「さ、さっき警備兵が黒フードを被った怪しい人物を捕まえたそうなんですけど」

「大市ならよくある話じゃろ」

「それが、その人物――魔族だったそうなんです！」

「………なんじゃと？」

校長は書類整理の手を止めて顔を上げる。

魔族は、現在の大陸ではごく少数しか残っていない。

五十年前まで続いていた抗魔戦争で人間に負けた魔族は、大陸北方に逃れ、細々と生きている。

いつかふたたび人間に対して反攻をしかけてくるだろうとは言われているが……。

「で、その魔族は今どうしておるのじゃ」

「警備兵の詰め所に連れていかれて尋問を受けているところだそうです。そ、それでですね、これまで口を割ったところによると、自分たちの前に王都に潜入していた先遣隊が、モンスターを放ったそうです」

「あれか……」

校長は、ダンジョンで行ったCクラスの定期試験を思い出す。

前日に安全をチェックしたにもかかわらず、いるはずのないモンスターが出現した。

あれは、魔族が放ったモンスターだったのだ。

「もしあの場でレント・ファーラントが倒していなければ、ケイヴスパイダーの群れが地下から王都を襲っていたというわけか」

「そうなりますね……」

ルナ校長は怪訝な顔でミリアを見る。

「それだけではないのじゃろう？　なにがあった」

「はい。その魔族が言うには、王都にはまだ仲間が忍び込んでいるそうです。しかも魔道具を持っているらしくて……」

「その魔道具の名前は？」

「〈ドラゴンの卵〉とか……」

「なんじゃと⁉」

ルナ校長は驚いて立ち上がった。

その名を知る者はほとんどいないだろう。

ルナ校長は、古い写本でその存在を知っていた。ミリアにもその話をしたことがあったので、彼女はその名前を聞いて慌てて校長に知らせに来たのだろう。

「〈ドラゴンの卵〉のことは警備兵に伝えたのか？」

「はい。ですが、信じてもらえなくて……」

う。

「まあ、そりゃそうじゃろうな」

人をドラゴンに変える魔道具が存在するなど、そうそう信じられるものではないだろう。

ルナ校長は一瞬考え込み、すぐに判断を下した。

「学園の教官を集めて、手遅れになる前にその魔族を見つけ出せ。儂は魔法省に行ってドラゴンへの対応策をとらせる」

「わ、ワタシが先生たちを集めるんですかっ？」

「時間がない！　やるのじゃ！」

「は、はいぃ……」

口うるさい先輩の教官の相手を任されて気が重くなるミリア。

しかし王都の危機である。やらないわけにはいかない。

ルナ校長はクローゼットから黒のローブを取り出して羽織《はお》った。

見た目は小さな子供だが、その姿には風格すら感じられた。

——しかし。

王都の一角ですでにドラゴンが生み出されていることを、二人も、それに王都に住むほとんどの人も、まだ知らなかった。

○

「悪い悪い、待たせた」

まだ遊びたいと騒《さわ》ぐ子供たちを孤児院に押し込んだムーノが、走って戻ってきた。

「一緒に回ればよかったのに。みんなまだ遊びたがっていましたよ」

そう言うディーネにムーノは笑って告げる。

「いいんだよ。あいつら自分の体力の限界も考えないで騒ぐんだから。明日だってやることはあるのによ」

レント、ムーノ、ディーネ、ミヅハの四人は、これから街の大市を回る予定だった。

さすがに街中を連れ回す余裕はないということで、ムーノは子供たちを帰してきたのだった。

ちなみにサラは用事があるとかで、王都にあるブライトフレイム家の屋敷に帰り、シフルは学園に残った。

レントはサラのことが気になっていた。

「サラ、大丈夫かな。なんか元気なさそうだったけど」

別れ際にも、サラは少し暗い顔をしていた。

「貴族には貴族の悩みがあるんだろうさ」

ムーノのその口調は、前のからかうようなものとはちょっと違って、気遣うような響きがあった。

「あの、俺も一応貴族なんだけど」

レントが言うと、ムーノは不思議そうな顔をしたあと、プッと噴き出した。

「ああ、そうだったそうだった。悪い、なんかレントは貴族って感じがしなくて。いや褒《ほ》めてるんだぜ！」

「ああ、うん……」

悪気がないのはわかっているが、レントはちょっと落ち込む。

やっぱり田舎貴族の自分では、貴族っぽさがないのだろうか。

「……俺もシフルみたいな感じにしたほうがいいかなぁ」

「それはやめろ！」

「やめたほうがいいと思います」

「レントさんには似合わないですよ」

三人にいっせいに即答された。

最後のミヅハの言葉が微妙に刺さる。

レントは苦笑した。

まあ、貴族っぽさについてはおいおい考えていけばいい。

「それじゃ大市を回ろうか。オススメの食べ物とかある？」

「そうですねぇ……」

レントの言葉に考えを巡《めぐ》らせるディーネ。

それを遮るように、突如轟音《とつじょごうおん》が響き渡った。

レントたちから少し離れたところの建物がガラガラと崩れ、屋根の上に長い首と巨大な頭が突き出す。

「ドラゴン……っ」

ミヅハが息をのむ。

レントもそれを見て驚きの声を上げる。

「まさか……王都の大市はドラゴンも売ってるの？」

「「「違う！」」」

三人にいっせいにツッコまれる。

なんかたまたま近くにいた通行人にまでツッコまれた。

「じゃあ、あれはなに？」

「知るかよ！　なんだかわかんねえけど……逃げろ！」

王都はパニックに陥《おちい》った。

突然出現した巨大なドラゴンが、建物を破壊しながら街を歩き回る。

そして、同時にどこからか大量のモンスターが出現し、暴れまわり始めた。

大市で、街にいる人の数はいつもより多い。

しかも道に不慣《ふな》れな人ばかりなので、どこに逃げたらいいかもわからない。

大通りはそんな人たちでごった返してしまった。

「おい、そこを通せよ！　ドラゴンから逃げるんだよ！」

「バカ！　そっちはさっき巨大な蜘蛛《くも》がいたぞ！」

「ドラゴンよりは蜘蛛のほうがマシだろ！」

「いや、オレはドラゴンのほうがいい！　虫は嫌いなんだ！」

自分たちでもわけがわからなくなって、どんどんパニックが広がっていく。

レントたちは、逃げまわる人たちを誘導しながら、出現したモンスターたちを退治していた。

「ファイアジャベリン！」

レントの放った炎の槍《やり》が巨大蜘蛛を貫く。

「ウォーターアロー！」

ディーネの放った水の矢が巨大トカゲを足止めする。

「ソイルショット！」

ムーノの放った土の弾が巨大ガエルを方向転換させる。

その間にミヅハが人を誘導する。

「こっちに逃げてくださーい！　こっちは安全ですー！」

魔法学園の敷地内が避難所になっていて、そこまでの通路は警備兵や騎士団が安全を確保しているので、レントたちは人々をそちらに誘導していた。

「しっかし、キリがねえな」

「どこから現れてるんでしょう、このモンスターたち……」

「たぶん、あのドラゴンが呼び寄せてるんだと思う」

ムーノとディーネの言葉に、レントは言う。

「ドラゴンが？　どういうことだ？」

「前に読んだことがあるんだ。魔道具で生み出される特殊なドラゴン……四属性のどれにも属していなくて、魔族と同質の魔力を備《そな》えている」

ドラゴンは、この世界でもっとも保有する魔力量が多い生物とされるが、基本的に地水火風の四属性の魔力を有している。

魔道具で生み出されるドラゴンはそうした生物としてのドラゴンとは根本的に異《こと》なる人工生命体である。

その身体は魔力で構成され、闇属性を帯《お》びている。

闇属性の魔力は、モンスターを引き寄せる性質を持つ。

「じゃあ、モンスターはみんなドラゴンに集まってかなきゃおかしいじゃねえか」

「ドラゴンの魔力が王都中に放出されてるんだよ。それでモンスターが好き勝手に暴れまわってるんだ」

モンスターたちは特定の目的を持っているようには見えない。

ドラゴンの魔力に惹《ひ》かれて王都に集まったあとは、充満する魔力の中で動き回る。

モンスターたちもパニックに陥っているのだ。

「あのドラゴンをなんとかしないと、根本的な解決にならないってことですか⁉」

「そうじゃな」

ディーネの言葉に答えたのは、レントではなくルナ校長だった。

いつの間にかルナ校長が、ミリアや、ほか何人かの教官と一緒に立っていた。

「校長先生！」

「お前たち、よくやった。じゃが、ここからは儂《わし》ら大人の役目じゃ。お前たちは学園に避難せい」

ローブを羽織った校長を筆頭に、レントたちを守るように前に出る教官たち。

普段は廊下を走る生徒を怒ったりと口うるさい先生や、嫌がらせのように宿題を大量に出してくる先生が、頼もしいことこの上ない。

ミリア教官でさえも、魔道具のロッドを掲げ、凛々《りり》しい表情を見せる。

「いくぞ、お主ら。生徒たちに舐《な》められるような真似はするなよ」

「「「はい！」」」

威勢よく答え、王都を破壊しながら行進するドラゴンに向かおうとする教官たち。

それをレントが引き留めた。

「あの、やめたほうがいいと思います」

勢いを削《そ》がれて足を滑らせる教官たち。

ミリアはその場にすっ転んでしまった。

「どういうことじゃ、レント・ファーラント」

「先生がたではあのドラゴンは倒せません」

レントがそう言うと、教官たちは口々に反論する。

「なにを言っている。我らは魔法学園の精鋭《せいえい》だぞ」

「生徒が教官になんて口の利き方だ」

「っていうかお前、Cクラスの魔力ゼロの生徒じゃないか」

「本当だ魔力ゼロだ」

「ゼロのくせになまいきだぞ」

そうゼロゼロ連呼しないでほしい。

「ええい、ちょっと黙《だま》れ」

ルナ校長が教官たちを黙らせてからレントに向き直る。

「どういうことじゃ、レント・ファーラント。あのドラゴンが魔道具から生み出されたことと関係があるのか？」

「それを知っているなら話が早いです。俺が読んだ本では、魔道具〈ドラゴンの卵〉から生み出されたドラゴンは闇属性を帯びています。闇属性は、四属性魔法では太刀打《たちう》ちできません。より威力の強い光魔法でないと」

校長からは隠しておけと言われていたことだが、今は緊急事態だ。

「闇？　光？　なにを言っている」

教官たちは首をかしげる。

現代の魔法体系は四属性魔法しか存在しない。それも仕方ないだろう。

ルナ校長だけがレントの話についていける。

「なるほど、光属性魔法か……。つまりこの王都で、いや、大陸中で今、あのドラゴンを止められるのは、レント、お前一人しかおらんというわけじゃな」

「困ったことに、そうなんです」

ルナ校長の言葉に、レントは苦笑しながら頷いた。

「ミリアとフランクは中央通りから、キルトとソルトは二番街からモンスターを掃討《そうとう》するのじゃ！　残りはレントたちの援護！」

ルナ校長の指示に、教官たちが行動を開始する。

「本当に大丈夫なのか？」

「魔力ゼロにドラゴンを任せるなんて」

「光魔法とか言っていたが……」

「そんな魔法聞いたこともない。校長もいい歳《とし》だし、そろそろ――ぶぎゃ！」

言いかけた教官の頭に土の塊《かたまり》が飛んできて弾けた。

泥まみれになった教官の横にルナ校長が降り立って言ってくる。

「なにか言ったかの？　最近歳のせいか耳が遠くて」

「い、いえ、校長はまだまだこれからじゃないですか、あはは」

「そうかそうか。そうじゃな、うはは」

教官たちは（引きつった）笑みを浮かべながら、校長の指示どおり、ドラゴンがいる通りに向かいながら、モンスターたちを討伐していった。

そうして空いた道を、レントたちが駆ける。

「おかしいな……住民の避難が終わったらオレたちも逃げるはずだったのに」

「仕方ないですよ。手が足りないんですから」

ムーノの呟きに、ディーネが答える。

「ごめんね、二人とも。付き合わせてしまって」

レントの言葉に、二人は顔を見合わせる。

「いや、まあ、かまわないけどよ」

「でも、わたしたちで役に立つんですか……？」

「もちろん。二人の力が必要なんだ」

レントは頷くが、それでも半信半疑の二人。

その間にも、ドラゴンとの距離はどんどん近くなり、屋根を突き抜ける巨体が迫ってくる。

「でかいな……」

「ええ……あれ？」

「どうかした、ディーネ？」

「見てください！　あそこにルイン殿下が！」

彼女が指差す先を見ると、ドラゴンの胸の辺りに透明な膜《まく》のようなものがあり、その中にルインが埋まっていた。

「やはりそうか……しかし、よりにもよってルイン殿下とは……」

三人の横に立ったルナ校長が言ってくる。

「〈ドラゴンの卵〉は人の魔力に反応してドラゴンを生み出す魔道具じゃ。その者の心の闇が大きいほど強力なドラゴンが生み出される」

「「「ああー」」」

レント、ムーノ、ディーネの三人はなんか納得したように頷いた。

「あの王子、なんか抱えてそうだったもんなぁ」

「で、でもどうするんです？　殿下ごとドラゴンを倒すわけにはいかないですよねっ」

「そうだね……」

レントは少し考えてから、校長に告げる。

「光魔法でドラゴンの魔力を少しずつ削いでいくしかないと思います。どれくらい時間がかかるかわからないので、周りのモンスターを討伐し続けてください」

「いいじゃろう」

「オレたちはなにをするんだ？」

「ムーノとディーネはドラゴンの足止めをお願い」

そのムチャな要求に、二人は目を丸くした。

「ファイアジャベリン！」

「ウォーターアロー！」

「グランドロッド！」

教官たちがドラゴンの周りに群がるモンスターを掃討していく。

校長も第四位階以降の魔法を隠すことなく駆使《くし》していた。

そしてレントたちは――。

「ディーネ、今だ！」

「はい……ウォーターアロー！」

レントの指示でディーネが水魔法を放つ。

しかし、それは先ほど教官がモンスターを倒すために使った、空気中の微量魔力から水の矢を生み出し撃ち出すのとは違うものだった。

地面の下から大量の水が噴き出し、それが矢となってドラゴンに降《ふ》り注《そそ》ぐ。

地下の水脈を読み取り、その魔力を活用して魔法を放ったのだ。

Aクラスとの合同授業のときより精度が上がり、より効果的になっている。

制御しきれずに街を水で溢《あふ》れさせてしまうこともない。

「グオオオオオ！」

水の矢をぶつけられたドラゴンが吠え、歩みを緩《ゆる》める。

しかしダメージはまったく与えられていない。

闇属性の魔力から生み出されたドラゴンに対しては、光属性以外の攻撃では効果がないのだ。

「ムーノ！」

レントが続けて指示を飛ばすと、ムーノが魔法を発動。

ドラゴンによって崩された周囲の建材が浮き上がり、組み合わさって、巨大なゴーレムとなる。

「いけぇ！」

ムーノの掛け声で、ゴーレムは腕を振り上げ、ドラゴンを足止めする。

ドラゴンは大重量の石の巨人に阻まれ、完全に足を止めた。

「よし――ライトショット！」

レントは光属性・第七位階魔法を放つ。

まばゆい光が小さな球体となって、動きを止めたドラゴンに向かって放たれる。

光球がドラゴンの片腕を吹き飛ばした。

吹き飛んだ腕は黒い霧のように散って消える。

「ゴアアアアアアア！」

ドラゴンが怒りの咆哮《ほうこう》を上げる。

そして、ドラゴンの胴体からはまたすぐに腕が再生した。

「ダメだ！　元に戻ったぞ！」

「いや、問題ない」

ムーノの叫びに、レントは冷静に答えた。

魔力で構成されたドラゴンの身体は簡単に元の形に戻るが、魔力の量自体は光魔法によって減殺《げんさい》されている。

攻撃を続ければ、やがてドラゴンの魔力は尽きるはずだ。

「ライトショット！　ライトショット！　ライトショット！」

レントは連続で光球を放ち、ドラゴンの魔力を削っていく。

教官たちはその光景を驚きの表情で眺めていた。

「あの水魔法は地下水を利用しているのか？　どうしてあんなに簡単に……」

「事前に術式を準備せずにゴーレムを作り上げるなんて……」

ディーネが水脈の流れを把握し魔法に活用できるのも、ムーノが術式を利用せず感覚で魔力を操りゴーレムを作るのも、教官たちにとっては信じられないことだった。

レントの指導はいつの間にか、二人を他に類《たるい》を見ない魔法の使い手に成長させていたのだ。

そしてなにより教官たちが驚いていたのは、レント本人の魔法である。

「なんだあれ？　ライトショットだと？」

「雷系の魔法とは違うのか？」

「いえ、あんな雷魔法は見たことがないです……」

「あれが、彼が言っていた光魔法か……？」

まばゆい光を自ら発し、黒いドラゴンの巨体を削っていく彼の魔法に、教官たちは意識を奪われる。

「惚《ほう》けておる場合ではないぞ。儂らもちゃんと働くのじゃ」

「は、はいっ」

校長に言われて、教官たちは慌てて自分たちの役目に戻る。

モンスターたちの数はかなり減ってきた。

教官たちに加えて、住民の避難誘導を終え、手が空いた警護兵や魔法騎士団の団員が駆けつけてきたのだ。

彼らはルナ校長に指示を仰ぎ、ドラゴンの周りのモンスターの掃討に専念する。

「これで……なんとかなりそうですね……」

息を切らせながらミリア教官が言う。

「そうじゃな……」

頷くルナ校長の額にもうっすらと汗が浮いている。

魔法の連発は百戦錬磨の魔法使いにもかなりの負担だった。

だが、王都にいるほとんどの魔法使いがこの場に集まり全力で対処に当たっている。

この騒動もなんとか収束すると思われた。

しかし――。

「グオオオオ！」

ドラゴンが吠えた。

レントから光魔法の攻撃を受け続け、魔力を削られて少しずつその身を小型化させつつあったドラゴンは、予想外の行動に出た。


――足元のモンスターを喰らい始めたのだ。


「なっ！」

ドラゴンの足元に集まっていたのは、ウィンドドレイク。

見た目は巨大なトカゲだが、魔力を帯びている。緑色の肌は風属性の証《あかし》である。

その様子を見てレントが呟く。

「マズいな……風属性のモンスターを喰らうことで、風属性の魔力が強化されたら……土属性のゴーレムじゃ抑えられなくなる」

「え？　うおおお！　オレのゴーレムがっ！」

ドラゴンが腕を振るい、ゴーレムを押す。

ゴーレムを構成する瓦礫《がれき》同士を組み合わせている土属性の魔力が、風属性の魔力に崩されてしまい、ゴーレムの腕がもげた。

「もう少しだったのにっ」

「どうしましょう、レントさん！」

「ディーネはそのままドラゴンの足止めを！」

そう告げると、レントは周りにいる人たちに呼びかける。

「火属性魔法を使える人！　ドラゴンを攻撃してください！」

レントは光属性魔法でドラゴンの闇属性の魔力を削らないといけない。

ウィンドドレイクを喰らうことで得た風属性の魔力は火属性魔法による攻撃で対処するしかない。

「よし任せろ！　ファイアアロー！」

「オレも使えるぞ！　ファイアジャベリン！」

「儂ももう一踏ん張りするかの……フレイムショット！」

ヘニャヘニャの火矢と、ヘロヘロの火槍と、フヨフヨの火球がドラゴンに飛んでいって、ぶつかって弾けて消えた。

「ちょっと！　どうしたんですか！」

「すまん……魔力切れじゃ……」

「同じく」

火属性魔法の使い手たちがいっせいに倒れる。

「そんなぁ……」

マズい。

水属性の攻撃でも、時間をかければ風属性の魔力を削れるだろうが、その間にドラゴンはべつの属性のモンスターを喰らってしまうかもしれない。

そうなればますます対処は難しくなる。

「どうする……」

あと一手だ。

強力な火属性魔法を放てる魔法使いがいれば……。

と、そのときだった。

強烈な熱風が王都の上空を駆け抜けた。

「あれは……」

火属性魔法のファイアボールが、風属性魔法のウィンドブラストに包まれることで、速度を増して飛んでいる。

やがて、ウィンドブラストは、火属性の魔力に負けて消失する。

むき出しになったファイアボールが、ドラゴンにぶち当たった。

「グオオオオオオ！」

ドラゴンが吠える。

その身にまとっていた風属性の魔力が減殺された。

「やった！」

「誰だ！　まだ魔力が残っている者がいたのか？」

皆が口々に今の魔法を放った魔法使いを探す。

しかし、レントはすでにその姿を発見していた。

遠く離れた屋根の上から、まるで狙撃手のように正確に、ドラゴンに大ダメージを与えた魔法使い。

サラ・ブライトフレイムとシフル・タンブルウィードだった。

○

少し前。

ドラゴンの出現を知り、サラはブライトフレイム家の屋敷を飛び出した。

父と大事な話をしていたのだが、王都の危機とあっては、それどころではなかった。

王立魔法騎士団の師団長である父は、指揮のため王城へ向かった。

サラはドラゴンが出現した場所へ向かうが、途中で警護兵に言われ、学園への住民の避難誘導を行っていた。

その最中、ドラゴンへの攻撃が始まった。

「あれは……」

「レント・ファーラントたちだな」

学園から出てきたシフルが言ってきた。

彼も避難誘導に駆り出されたらしい。

建物越しに見えるドラゴンに対して、水の矢が降り注ぎ、ゴーレムが対峙《たいじ》する。

そして、光り輝く魔法攻撃がドラゴンの身体を削っていく。

光の魔法を放っているのはレントのようだった。

「なんなんだ、あの魔法。本当にわけがわからないな、あの魔力ゼロは」

「ええ、そうね……」

しみじみといった感じで答えるサラにシフルは怪訝な顔をする。

「どうした？　普段のブライトフレイム嬢なら『あなたの魔法の知識が乏《とぼ》しいから理解できないだけじゃない？』とか罵《ののし》ってきそうなのに」

「あなたが私をどう思っているのかよくわかったわ」

ジト目で睨《にら》んだあと、サラはため息をついた。

サラとシフルは住民の避難を行いながら、その合間に言葉を交《か》わす。

「私は……自分では優秀な魔法使いだと思っていたわ。父の跡を継《つ》いで、魔法騎士団の師団長になれると思ってたし、総団長の座を目指すつもりでもいた。その資格があると信じていた」

「それは事実だと思う。僕が言うのもなんだが……君の実力は抜きん出ている」

「そうかしら？　ルイン殿下みたいな天才がいて、さらにレントみたいな規格外の存在がいるのよ？　あんなのが周りにゴロゴロいたら、私は凡人なんだって思っちゃうじゃない」

「…………」

「しかも、自分が恵まれてるってことにも気づいてなかった」

サラは、ムーノに文字を教えていたときのことを話す。

ムーノがなかなか憶《おぼ》えられず、ついイライラしてしまった。

「……貴族以外で、文字が読めない人がいることは知っていたわ。けど、魔法使いになる才能を持っているような人は、それくらいの教育は受けられるようになっているって漠然《ばくぜん》と思っていた。世界は、実力を持つ者に、それを発揮《はっき》する機会を平等に与えるんだって思い込んでたの。そして思い込んでいることに自分で気づいていなかった……」

「そうだな……なにしろ、君がCクラスで僕がAクラスになるようなシステムなんだ。平等ではないよな」

「……よくそれ、自分で言えるわね」

「呆れたか？」

「感心してるのよ。皮肉じゃなくね」

シフルは小さく鼻を鳴らした。

「今なら、校長がAクラスとCクラスの合同授業を行った理由がわかるな。現代の魔法の、上位中位下位の区分と、それに基づくAからCのクラス分けはまるで実情に合っていない。それを僕たちに体感させたかったんだろう」

「ええ……そうでしょうね」

「君はまだいい。ルイン殿下やレント・ファーラントを置いておけば、間違いなくトップクラスの実力だ。僕なんか、いつの間にか、Cクラスに勝てる相手が一人もいないんだぞ」

「言われてみれば、たしかにそうね」

レントやサラは初めから彼より強いし、ディーネとムーノは直接対決して実力差を示している。

「だが……僕は」

と、シフルがなにか言いかけたとき、ドラゴンのほうで動きがあった。

住民の避難は完了していたので、サラとシフルはドラゴンの様子を見やすい場所に移動する。

「あれは……」

「モンスターを取り込んで魔力を増しているわね。あれはウィンドドレイクかしら？」

「火属性の攻撃が放たれたな……全然効いていないが」

「皆、連戦で魔力が残っていないんでしょうね……」

サラは即座に判断する。

「どこに行くつもりだ」

「もちろん、ドラゴンのところよ。火属性魔法が必要なら、私が行かないわけにはいかないじゃない」

サラは燃えるような目で遠くのドラゴンを睨んで言う。

「あなたとムーノの戦いを見てわかったわ。魔法使い同士の序列なんか関係ない。クラスがどうとか、文字が読めるとか読めないとか、そんなことはどうでもいいんだって。大事なのは、自分がなにをなすべきなのかよ」

「ブライトフレイム嬢……」

「レントがそれを教えてくれた。私がすぐ彼のような境地に達するのは難しいけど、でも今自分がなにをするべきかはわかる」

学園の敷地へ避難していく人々のほうに目を向けながら彼女は言う。


「――王都を守るのよ」


入学式の日、自分を助けてくれたレントのように。

そして今も、ドラゴンに立ち向かっている彼のように。

決然と言い放つ彼女を見てシフルはため息をついた。

「今から駆けつけても時間がかかるだろ」

「だからってじっとしてるわけには――」

「僕も行く」

シフルもドラゴンを睨みつけながら言った。

「僕の風魔法で屋根の上に移動して、さらに君の火魔法をウィンドブラストで加速させる。時間の節約くらいにはなるだろう」

「遠距離とはいえ、ドラゴンに狙われる可能性はあるわ。危険かもしれないわよ」

「……庶民に『理想の騎士』とまで言われたんだぞ。ここで逃げ出すわけにはいかないだろ」

「脚《あし》、震えてるわよ」

「うううううるさい！」

サラは苦笑した。

だが内心では驚いていた。

あのシフルが、ここまで成長している。

それもレントと接した影響だろう。

シフルだけじゃない。

ディーネもムーノも成長した。

では自分は、変わることができるだろうか？

まだわからない。

今は自分にできることをするだけだ。

「いくぞ――ウィンドプレート！」

シフルの風魔法による足場を得て、サラは跳《と》んだ。

○

そして、サラとシフルの合同の魔法によって、ドラゴンにファイアボールがぶち当てられた。

足止めされ、風属性の魔力を削られるドラゴン。

「ムーノ！　ディーネ！　もう一回お願い！」

「しょうがねえな！」

「わかりました！」

レントの声に、ムーノとディーネが頷く。

地面から水が噴き出してドラゴンを狙い、石材がゴーレムとなってドラゴンを足止めする。二人とも魔力不足のため、先ほどより水の勢いは弱いし、ゴーレムのサイズは小さいが、ドラゴンのほうも明らかに先ほどより弱っていた。

そして、空を飛んでくるサラとシフルの攻撃。

ウィンドブラストによって勢いを増したファイアボールが、連続してドラゴンにぶち当たる。

「グオオオオ！」

ドラゴンが苦しげに呻き、風属性の魔力を失っていく。

もう周りにモンスターもいなかった。

「レント！」

「レントさん！」

「任せて！」

レントは駆ける。

風魔法の足場で屋根の上に飛び乗り、さらに跳躍してドラゴンの顔の前にくる。

魔道具によって生み出された、闇の魔力で構成されたドラゴン。

闇を払うことができるのは光だけだ。

「――ライトソード！」

光属性・第九位階魔法。

持てる魔力を光に変換し、凝縮《ぎようしゆく》させて剣の形と為す、古代魔法の極技の一つ。

「はあああああああああっ！」

レントは気合いとともに光の剣を振り下ろす。

足止めされたドラゴンは避《よ》けることもできず、その一閃《いっせん》をくらう。

「ガアアアアアア！」

吠え声を上げながらドラゴンは斬り裂かれた。

その身体は、光に触れた先から、チリのように舞って消えていく。

ドラゴンを真っ二つに裂き、レントは地面に着地した。

左右に倒れながら消えていくドラゴン。

その胸の辺りに囚《とら》われていたルインが支えを失って落ちてくる。

「よっと」

落ちてきたルインを、レントは風魔法で支えた。

光の剣はすぐに拡散して消えていく。

「レント！」

「レントさん！」

ムーノとディーネが駆け寄ってくる。

シフルの風魔法で飛んできたのだろう、サラとシフルもいた。

ルナ校長やミリア、そのほかの教官も集まってくる。

「よくやったのじゃ、レント。お前のおかげで王都は救われたぞ」

ルナ校長が言ってくる。

続けてほかの教官たちも口々に言葉をかけてきた。

「本当にすごかったな」

「あの魔法はなんなんだ？」

「魔力ゼロであんな攻撃ができるものなのか？」

「本当に、魔力ゼロなのになぁ」

「魔力ゼロでなぁ」

だから魔力ゼロ魔力ゼロ連呼しないでほしい。

と言い返す気力もレントにはない。

ライトソード発動のために魔力を使い切っていた。

まるで一日中走り続けたみたいに身体のあちこちが痛くて、ぐったりしている。

「サラ、殿下を頼む……」

レントは駆け寄ってきたサラにルイン王子を預《あず》ける。

「え？　レント！　ちょっとレント！」

そのままレントは倒れながら気を失った。

駆け寄った誰かに支えてもらった気がするが、誰だったかはわからなかった。

○

「ちっ……」

路地裏に舌打ちが響いた。

黒フードを被った人物が、レントが気絶する様子を見届けてからその場を立ち去る。

ルイン王子に〈ドラゴンの卵〉を使わせ、この騒動を引き起こした張本人である。

「失敗か……まさか現代に光魔法を使えるやつが残っていたとは」

苛《いら》だたしそうに呟きながら、足元の小石を蹴る。

「よりにもよってあの伝説の魔法使いの末裔だと？　なぜそんなやつがノーマークだったんだ？　間諜《かんちょう》はなにをしていやがった」

フードの人物は毒づくが、間諜は悪くない。

伝説の魔法使いの末裔は、魔力ゼロとしてCクラスに入れられていたのだから。

「憶えておこう。レント・ファーラント……そしてお前はやがて知ることになるぞ。その身に宿す力の本当の意味をな」

彼女は黒フードをとる。

そこには、魔族の顔があった。

顔立ち自体はまだ幼く、レントたちよりも歳下だろう。

しかし、人とは異なる闇色の肌や、吸い込まれるような黒い両眼、頭から生え出た二本の角《つの》や、口元から覗く鋭《するど》い牙が、彼女の獰猛《どうもう》さを感じさせた。

「くふふ……」

不吉な笑みを浮かべながら、彼女は王都を後にした。

○

ドラゴン騒ぎの翌日、レント、サラ、ディーネ、ムーノ、シフルの五人は王城に赴《おもむ》いた。マナカン王国の国王ラエイン・マナカンから直々《じきじき》に呼び出されたのである。

五人とも魔法学園の制服を着ている。普段はちょっと着崩しているムーノも、今日はしっかりと身につけていた。

「き、緊張します……」

ディーネが唾《つば》をのみこみながら呟く。

ムーノも頷く。

「ディーネはまだいいぜ。オレなんか貴族に会うのなんて初めてだから……」

「ここに三人も貴族の子女がいるわよ？」

「っていうかルイン殿下とバトルしたでしょムーノ」

サラとレントにツッコまれ、ムーノは引きつった笑みを浮かべる。

「そそそ、そういやそうか。それ考えたら王様なんか大したことないな！」

「バカ！　王城の中でそんなこと言うやつがあるか！」

大声でとんでもないことを言って、今度はシフルにツッコまれる。

城の警護兵に連れられて、五人は玉座の間にやってくる。

天井の高い、広い空間の奥に玉座があり、国王が座っていた。

深い皺《しわ》の刻《きざ》まれた顔立ち。長く伸びた髭《ひげ》と、鋭い眼光が威厳を感じさせる。

「陛下、五人をお連れしました」

「うむ」

警護兵の言葉に頷く国王。

レントたちは促《うなが》されるままに国王の前に立ち、片膝《かたひざ》をついて頭を下げた。

「面《おもて》を上げ、楽にせよ」

国王が静かに告げる。

顔を上げた五人に、国王は言葉をかける。

「こたびの活躍、まことに見事であった。そなたらがいなければ王都は、否《いな》、このマナカン王国は滅《ほろ》びていたかもしれん。深く礼を申すぞ」

「もったいなきお言葉！　恐悦至極《きょうえつしごく》に存じます！」

シフルが答える。

こういうやりとりには一番慣れているので、彼が代表して答えると決めてあった。

「そなたらの活躍に対する褒賞《ほうしょう》は、王都の復興の目処《めど》が立ってから改めて与えようと考えておる。しかし一つ問題があってな」

「問題、でございますか……？」

国王が周りの衛兵に目配せをする。

すると衛兵たちが五人に駆け寄ってきて、その中からレントを捕らえてしまった。

「わ、な、なに――ごとでございますのでしょうか国王陛下？」

あやしい敬語で問いかけるレント。

国王は厳しい視線でレントを睨み答える。

「そなたには魔族を王都に引き入れた疑いがかかっておる。なんでもそなたは魔族が使う闇魔法のことを知っておったそうだな？　それは魔族の血を引いているということではないのか？　そなたは実は魔族の仲間ではないのか？」

「そんな！」

「レントは人間だぜ！」

「誤解です、陛下！」

口々に叫ぶディーネ、ムーノ、サラを手で制して、シフルが問う。

「陛下、誰がそのような訴えを？」

「ルインだ」

国王の言葉に応じるように、ルイン王子が姿を現した。

相変わらず爽やかな外見だが、表情には疲れが見えた。

「殿下……」

絶句して肩を落とすシフル。

彼の態度が全てを物語っていた。

王族である彼が訴えたなら、もう反論は難しい。

それにレントが闇魔法を使えるのは事実なのだ。

「そんな……」

レントは呟く。

魔族の仲間だと思われたらどうなるのだろう。死刑だろうか。それはさすがに嫌だ。

レントの魔法ならこの場にいる衛兵を全員倒して逃げることは可能だろう。

しかしそれでは学園に戻れない。きっと官職にもつけないだろう。

父や母や妹に楽な暮らしをさせてあげることができなくなる。

(困ったな……)

どうするべきか考えが定まらない、そんな中で。

「お待ちください、陛下」

サラが声を上げた。

一歩前に進み出る彼女に国王が問う。

「なんだ、サラ・ブライトフレイムよ」

「レント・ファーラントが魔族の仲間だというのは誤解です」

「ほう……」

続きを促すように呟く国王に、サラは言葉を重ねる。

その脚は、ドラゴンに立ち向かうときにも震えていなかったのに、今はかすかに震えていた。

「彼は魔族と思われる者と戦い苦戦していた私を助けてくれました」

「魔族と打ち合わせてそのような演技をしただけかもしれぬぞ」

「彼にそんな器用なことはできないと思いますが……」

「ちょ、サラひどくない⁉」

ディーネにムーノ、シフルまでうんうんと頷く。

しかし、国王はレントのことを知らない。それでは理由にならなかった。

「それもそなたらに取り入るためかもしれぬであろう」

国王は小さくため息をついた。

「考えたくはないが、過去に王宮を追い出されたファーラントの者が恨みを抱き続け、魔族と手を組んで王国に復讐を果たそうとしている――とすれば辻褄《つじつま》が合う」

「そんな……」

レントは愕然《がくぜん》とした。

魔導書を残したレントの先祖はそんなことは一言も記していない。

むしろ、自分の魔法技術を残し、王国のために役立ててほしいと願っていた。

なのにそれが、こんな形で誤解されるなんて。

ショックだった。

これが八百年の時間の重さか。

世界は変わり、人も変わってしまう。

「──陛下！」

しかし、サラは声を上げた。

国王が驚くほどの大声で迷いなく言い放ってみせる。

「レントは魔族ではありません。彼は放課後も休日もずっと私の魔法訓練に付き合っていました。夜は警戒厳重な寮にいます。魔族と接触する時間などありません」

「そんなもの、闇魔法を使えばどうとでもなるだろう」

と反論したのはルイン王子だ。

「なにしろ我々にはよくわかっていない、魔族の危険な魔法なのだからな」

「そんなムチャクチャな理屈がありますか！」

「……っ」

サラの気迫にルインは思わず身をすくめる。

だが、すぐに余裕を取り戻した。

「ぶ、分を弁《わきま》えたまえ、ブライトフレイム嬢。この私の、マナカン王国第五王子のルイン・マナカンの証言なのだぞ。それを疑うのか」

そう言われてしまえば誰も逆らうことはできない。

事実よりも秩序を重んじる。

魔法のクラス分けの制度からもわかるとおり、この国はそうして平和を維持してきたのだから。

しかし――。

(だったらやりようはあるわ)

サラは国王に向き直ると告げた。

「陛下」

「なんだ?」

「もしレント・ファーラントと魔族の関わりをきちんと調べることなく彼を処断するようなら、ブライトフレイム家は王国より賜《たまわ》った爵位を返上いたします」

「「なっ……」」

国王とルインの驚愕の声が被った。さすが父子《おやこ》である。

それは、ブライトフレイム家はマナカン王家を主人としないという宣言だ。

領地は返上するしかない。

貴族の地位を失い、ただの騎士として放浪することになるだろう。

もちろん当主ではないサラの言葉は正式なものではないが、国王の前で言い放ったのだから『子供のしたことですので』とごまかすことはできない。

それだけの覚悟を持った彼女の言葉だった。

「…………」

国王はしばし黙考する。

表面上は威厳を保ち、サラ・ブライトフレイムとその隣のレント・ファーラントを睨んでいるが、内面では困惑していた。

(いやブライトフレイムが去るとかヤバいでしょ。国防の要《かなめ》だよ？　親ブライトフレイム派の貴族がどれだけいると思ってるのさ。叛乱《はんらん》が起きるわ)

そこまで読んでの発言だとしたら、大した策略家である。

しかし、サラ・ブライトフレイムが国王を見る目はそのような打算的なものではなかった。

ただ、隣の友人を信頼しているという目。

そしてその信頼のためなら、自分の身をなげうっても構わないという目。

(まったく、親娘《おやこ》だな……)

昔、同じように自分に啖呵《たんか》を切って、魔法騎士団の総団長の座を自ら辞退した男の顔を思い出す。

内心で苦笑しながら、国王は重々しい表情を保って告げる。

「よかろう……レント・ファーラントに対する処分は保留とする」

「パパ！　話が違うよ！」

　とルインが声を上げた。

「「「「パパ？」」」」

　レント、サラ、ディーネ、ムーノ、シフルが首をかしげる。

　ルインが『しまった』という顔で口を閉ざす。

　国王は内心頭を抱えながら息子に言う。

「黙らんか！　ブライトフレイムの娘があそこまで言っているのだぞ。どうしても意見を通したいなら、お前も同じリスクを負って筋を通せ。もしレント・ファーラントが潔《けっ》白《ぱく》だと証明されたら、廃嫡《はいちゃく》して王国を追い出すことにするぞ」

「そんな！」

　国王の厳しい言葉に、ルインは悲鳴を上げる。

　もともとただの言いがかりで嫌がらせのようなもの。ルインにそこまでのリスクを負う気などさらさらなかった。

「それが嫌なら今ここでレント・ファーラントへの疑いを撤回し謝罪しろ」

「王子のぼくが謝るなんて！」

「「「「ぼく？」」」」

　レント、サラ、ディーネ、ムーノ、シフルがふたたび首をかしげる。

ルインがふたたび『しまった』という顔で口を閉ざす。

国王はブルブルと身体を震わせながら玉座から立ち上がった。

「いい加減にせんか、ぶわかもんがあああああ！」

そしていきなり大声でルインを怒鳴りつけると、魔法を放った。

「ちょ！　パパ！　やめて！　うぎゃ！」

火球をボンボン放ち、玉座の間に敷かれた絨毯のそこら中に穴を開けていく。

ルインが逃げまわるので、国王は最終的にルインをとっ捕まえ、頭にげんこつを振り下ろしていた。

「…………………私のせいで迷惑をかけた。すまなかった」

「……いえ、恐れ多いことです」

頭にたんこぶを作りながら謝ってくるルイン王子に、レントたちはかえって恐縮《きょうしゅく》して深々頭を下げる。

「まったく、外面がいいせいで人気はあるがな、こいつはこんなやつなのだ。どうか学園でも、王族だからと遠慮せず、厳しく接してやってほしい」

「そんな、パパ！」

「…………」

「…………よろしくお願いする」

国王にギロリと睨まれ、ルインはレントたちに頭を下げた。

とんでもないことを頼まれてしまい、戸惑いながらも頷くレントたちだった。

「──レント・ファーラント、つまらぬ疑いを抱いてすまなかった」

国王に名指しで呼ばれ、レントは少し緊張しながら答える。

「い、いえ、とんでもありません」

「伝説の大魔法使いの末裔……約束を果たしに戻ってきてくれたのだな」

レントは目を丸くする。

魔王を倒した勇者の血を引くマナカン国王とファーラント家は約束を交わしていた。

いつか、伝説の大魔法使いの力を受け継ぐような者がファーラント家に現れたなら、王都へと戻り、ふたたび王国のために力を尽くす、と。

王家にもその約束は受け継がれていた。

世界が変わり人が変わっても、残されているものはちゃんとあったのだ。

「…………はい！」

レントはなにか満たされるものを感じながら、強く言葉を返した。

エピローグ

E, MINNA KODAIMAHO TSUKAENAINO!!???

王城を辞《じ》して、レントたち五人は魔法学園に戻る。

「ルイン殿下があんな方だったとはな……」

ちょっとショックを受けた様子でシフルが言う。

「お前だってわりと似たようなところあるんじゃねえの？」

ムーノがからかうように言う。

「そんなことはない！　僕はあんなファザコンじゃないぞ！」

「どうかしらね。家の権力で私をCクラスに落としたりして、家柄を自分の力と勘違いしてたところは似てるんじゃない？」

「うぐっ……それはもういいだろ……」

シフルは口ごもる。

「っていうかシフルさん、今ちゃっかりルイン殿下のことファザコンって言いましたよね」

「あ……いや、違うぞ！　そういう意味じゃなくて！　えっと……！」

ディーネに言われ、慌《あわ》てて言い訳をしようとするが、うまく言葉が出てこない。

そんな様子を眺《なが》めながら、レントは考える。

ルインの魔力でドラゴンを生み出した魔道具。

それは魔族によって持ち込まれたらしい。

今回の騒動は収めることができたが、これで全てが解決したわけではない。

まだ、なにかが起こるような予感がする……。

「なにを考えてるの？」

「あ、いや」

サラに話しかけられて、レントは思考を追い払う。

今悩んでも仕方のないことだ。

「サラ、さっきはありがとう」

「なによ、改まって」

「俺はあの場でどうしたらいいかまったくわからなかった。もしサラがあんなふうに言ってくれなかったら、流れで処刑されてたかもしれない。本当に助かったよ」

「そうね。今度はああいうところでの立ち回りを教えなきゃいけないかもね」

サラは苦笑する。

レントも笑って、

「それはぜひ教えてほしいな」

レントは街並みの向こうに見えてきた学園の門を見ながら言う。

「サラやみんなと出会えて本当によかったよ。自分のいた世界がどれだけ狭《せま》かったか、毎日思い知らされる」

「それは私も同じよ。私のほうがあなたにどれだけのことを教えられたか――」

サラは言葉を重ね、感謝を口にしようとする。

しかしそれを遮るように、

「おお！　王都を救った英雄だ！」

「王様に会ってきたんだって⁉」

「なあ、あんなでかいドラゴン、どうやって倒したんだ⁉」

学園の門をくぐったところで、生徒たちがレントたちに気づいて群《むら》がってきた。

レントたちはあっという間に大勢の生徒に取り囲まれてしまった。

魔力ゼロと言われ教官全員に残念な顔をされたレントや、大勢の生徒たちからバカにされていたCクラスのメンバーとは思えない扱いだった。

そんなふうに皆に囲まれて戸惑《とまど》うレントたちを、ルナ校長とミリア教官が校長室の窓から眺めていた。

「おかしなものですね。少し前まで誰も彼らのことなんて気にかけていなかったのに」

「ああ、そうじゃな」

きっかけは些細《ささい》なこと。

レント・ファーラントという一人の生徒だ。

彼がその特異な力で凝《こ》り固《かた》まった魔法の秩序をかき回し、四人の生徒たちを変えた。

その結果が、王都を救うことになった。

この動きは、この先ますます大きなものになっていくとルナは予感していた。

「見逃すでないぞ、ミリア。歴史の流れは雄大じゃ。どんなに激しくても、ぼんやりしておれば見逃してしまいかねん」

「え？」

「儂らは……」

ルナはニッと口の端を持ち上げながら言った。

「新たな英雄が誕生する瞬間に立ち会っておるのかもしれんぞ？」

了

あとがき

ケボーン！（あいさつ）このたびは『え、みんな古代魔法使えないの！！？？？　〜魔力ゼロと判定された没落貴族、最強魔法で学園生活を無双する〜』お買い上げありがとうございます！　タイトル長い！　今回はあとがきが１ページしかないので改行なしだぞ！　突然ですけど皆さんスー○ー戦隊シリーズは好きですか？　日曜日の朝やってるなんとかジャーとかそういうやつです。今回の作品はあれをイメージしてます。そう思って見てみるとメインのみんながそれぞれカラーを持つ戦士に見えてきませんか？　見えない？　ええい！　ここからは謝辞！　担当編集の儀部《ぎぶ》様、いつも的確なアドバイスありがとうございます。特にヒロインに関するご指摘は今後一生役に立ちそうです。イラストレーターの成瀬ちさと様、素敵なイラストをありがとうございます。どのキャラも魅力的に描いていただき、イラストだけでも学園の楽しい雰囲気が伝わってきて最高です。ちなみにこの作品は「小説家になろう」様で連載しています。この本のラストの後の話も書いていますので、気になるという方はぜひ読みにきていただけると嬉しいです。それではお読みいただきありがとうございました。バモラムーチョ！（あいさつ）

三門鉄狼《みかどてつろう》

サラの冷めた目が
だんだんクセになります。
マントの下に
わりとフリー
制服です
成瀬ちさ

■ご意見、ご感想をお寄せください。…………………………………………………

ファンレターの宛て先
〒102-8177　東京都千代田区富士見2-13-3　ファミ通文庫編集部
三門鉄狼先生　　成瀬ちさと先生

FBファミ通文庫

え、みんな古代《こ》《だい》魔法《ま》《ほう》使《つか》えないの!!???

~魔力《まりょく》ゼロと判定《はんてい》された没落《ぼつらく》貴族《きぞく》、最強《さいきょう》魔法《まほう》で学園《がくえん》生活《せいかつ》を無双《むそう》する~　1778

◇◇◇

2020年10月30日　初版発行

著　者　三門鉄狼《みかどてつろう》
発行者　青柳昌行
発　行　株式会社KADOKAWA
〒102-8177 東京都千代田区富士見2-13-3
電話 0570-002-301（ナビダイヤル）
編集企画　ファミ通文庫編集部
デザイン　ムシカゴグラフィクス
写植・製版　株式会社スタジオ205
印　刷　凸版印刷株式会社
製　本　凸版印刷株式会社

●お問い合わせ
https://www.kadokawa.co.jp/（「お問い合わせ」へお進みください）
※内容によっては、お答えできない場合があります。
※サポートは日本国内のみとさせていただきます。
※Japanese text only

ISBN978-4-04-736385-4　C0193

定価はカバーに表示してあります。